Caricias muy íntimas

Teresa Hill

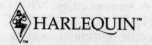
HARLEQUIN™

Editado por HARLEQUIN IBÉRICA, S.A.
Núñez de Balboa, 56
28001 Madrid

I.S.B.N.: 978-84-671-6931-7
Depósito legal: B-2749-2009
Editor responsable: Luis Pugni
Preimpresión y fotomecánica: M.T. Color & Diseño, S.L.
C/. Colquide, 6 portal 2 - 3º H. 28230 Las Rozas (Madrid)
Impresión y encuadernación: LITOGRAFÍA ROSÉS, S.A.
C/. Energía, 11. 08850 Gavá (Barcelona)
Fecha impresión Argentina: 7.9.09
Distribuidor exclusivo para España: LOGISTA
Distribuidor para México: CODIPLYRSA
Distribuidores para Argentina: interior, BERTRAN, S.A.C. Vélez
Sársfield 1950 Cap. Fed./ Buenos Aires y Gran Buenos Aires,
VACCARO SÁNCHEZ y Cía, S.A.
Distribuidor para Chile: DISTRIBUIDORA ALFA, S.A.

Capítulo 1

NO entiendo de qué va todo este lío —dijo Lily Tanner, intentando sujetarse el teléfono con el hombro mientras preparaba los sándwiches del almuerzo para que sus hijas se los llevaran al colegio.

—De eso mismo —dijo Marcy, su hermana mayor, al otro lado de la línea—. De tener un lío.

—No quiero saber nada de líos —respondió Lily, untando el pan con mantequilla de cacahuete y quitando los bordes de las rebanadas. Sus hijas odiaban la corteza del pan.

—¿Quién está armando lío? —preguntó Brittany, la más pequeña, de seis años.

—Nadie está armando lío —le aseguró Lily, mientras la pequeña se movía perezosamente por la cocina, sorbiendo su vaso de leche como si tuviera todo el tiempo del mundo antes de que llegase la señora Hamilton para llevarlas al colegio.

—Entiendo que no quieras líos ahora, después de lo

que te ha hecho ese cerdo de Richard —dijo Marcy—. Pero al cabo de un tiempo, toda mujer necesita un pequeño lío.

—Oh, por amor de Dios. No quiero ningún lío —dijo Lily, intentando salvar la desmenuzada rebanada de pan.

—Has dicho que no había ningún lío —le recordó Brittany.

—¿Lío? ¿Qué lío? —preguntó Ginny, su hermana mayor, con la misma expresión de preocupación que llevaba mostrando varios días—. ¿Es papá? ¿Estás discutiendo con papá?

—No, tranquila. No pasa nada —le dijo Lily con una mueca de exasperación—. Tu tía Marcy y yo estamos hablando, y no estábamos discutiendo ni nada por el estilo. Sólo hablábamos de...

—Sí, por favor. Me muero de impaciencia por oírlo —dijo Marcy, riendo—. Dime de qué estábamos hablando.

—De dulces —dijo Lily. Fue lo primero que se le ocurrió.

Marcy soltó una estruendosa carcajada. Lily metió los sándwiches en las bolsas del almuerzo, mientras Ginny la miraba con expresión desconfiada. Pero afortunadamente, Brittany salvó la situación con el sincero optimismo y la inocencia propios de sus seis años.

—Me gustan los dulces.

—¿Lo ves? —dijo Lily, sonriendo—. A todo el mundo le gustan los dulces.

—Sí, es verdad —corroboró Marcy—. Y por eso, que me digas que puedes vivir sin...

—¡Marcy! —gritó Lily mientras empujaba a las niñas hacia la puerta de la calle.

—Espera —dijo Brittany, deteniéndose y tirando

de los pantalones cortos de su madre—. ¿No tenemos dulces?

—No, cariño. Ahora no. Quizá esta noche. Vamos, la señora Hamilton llegará de un momento a otro. Me quedaré en la puerta hasta que aparezca.

Sacó a las niñas y saludó a Betsy Hamilton, quien ya estaba esperando con su coche. Entonces cerró la puerta y volvió a concentrarse en el teléfono.

—De verdad, Marcy... ¿Dulces?

—Eh, has sido tú quien ha usado esa palabra, no yo. Pero ahora que has acuñado un nuevo término, será nuestro código para siempre. Es perfecto.

—No necesitamos ningún código. No quiero hablar de ello. Estoy perfectamente —insistió Lily.

Al fin y al cabo, sólo se trataba de... dulces. Nada por lo que excitarse. No cuando tenía cientos de cosas pendientes y cuando estaba al límite de sus fuerzas y de sus nervios por las niñas y por Richard. ¿Quién tenía tiempo para los dulces?

—¿Tengo que recordarte que dentro de un año debo estar fuera de esta casa? Ni siquiera un año. Sólo tengo diez meses y medio para venderla y buscar otro sitio para las niñas y yo. Y para ello voy a tener que emplear todo mi tiempo y energías.

—Lo sé, lo sé.

—Y además, ¿dónde voy a encontrar un hombre por aquí? Ya sabes cómo es mi barrio. Todo el mundo está casado y con hijos. Y si por casualidad se produce algún divorcio, es la mujer quien se queda aquí con los niños, mientras que el marido infiel se muda a un nido de amor con su amante joven y guapa. Hasta que la esposa engañada se queda sin dinero y tiene que vender la casa, para que vuelva a ocuparla una pareja recién casada. Me puedo pasar meses sin ver a un hombre soltero que merezca la pena. Y aunque apareciera uno, no tendría ni tiempo para una cita. No puedo ni descansar para tomar un café —acabó el discurso con un profundo resoplido, cansada y consumida.

¿Sabía su hermana algo de su vida actual? Era muy triste y frustrante sentirse tan sola y vivir en unas circunstancias tan difíciles, sólo porque Richard hubiera conocido a una joven casi adolescente en un viaje de negocios a Baltimore.

—Oh, cariño... Lo siento —dijo Marcy. Lily podía oír de fondo a las hijas de su hermana—. No pretendía ponerte las cosas más difíciles. Sólo intentaba avisarte de que está muy bien vivir sin... dulces por un tiempo, pero luego... Sólo tienes treinta y cuatro años. Y todos tenemos necesidades cuando estamos solos.

—Yo no estoy sola —insistió Lily, retirando de la mesa los cuencos de cereales a medio comer, las migas de pan de los sándwiches y los vasos de leche que parecían multiplicarse como conejos por toda la casa—. Al menos no tanto como para necesitar... dulces. Un baño de espuma, tal vez. Alguien que me hiciera la cena de vez en cuando. Un buen libro y tiempo suficiente para leerlo sin interrupciones... Todo eso me vendría bien. Pero los dulces son...

En ese momento estaba metiendo las tazas en el lavavajillas, pero se quedó callada al erguirse y mirar por la ventana que había sobre el fregadero, con vistas a la casa vecina, que llevaba varias semanas desocupada.

Parecía que no iba a seguir desocupada, porque en el camino de entrada había un camión de mudanza, con sus grandes puertas traseras abiertas hacia el garaje, y un par de brazos musculosos y bronceados tendiéndole una mesa a alguien que quedaba oculto por los arbustos.

—¿Qué ocurre? —preguntó Marcy—. ¿Sigues ahí?

—Sigo aquí —respondió Lily, viendo cómo los brazos salían del camión, seguidos de un hombro recio y macizo. Y luego el otro.

Lily se quedó boquiabierta, incapaz de cerrar la boca. Unas piernas largas y poderosas, enfundadas en unos vaqueros desgastados que rodeaban una cintura esbelta. Y más arriba, unos abdominales perfectamente esculpidos en fibra y músculo y aquellos hombros anchos y fuertes.

—Oh —murmuró, soltando todo el aire de golpe.

—¿Qué te pasa? —preguntó Marcy—. ¿Estás bien?

Lily se sentía como si estuviera ardiendo por dentro.

Una ola de calor se propagó por todo su cuerpo desde la boca del estómago. Iba a tener como vecino a un hombre espectacular. Un glorioso espécimen masculino con una musculatura perfecta, la frente perlada de sudor, el torso desnudo... Y de repente, todo lo que su hermana había intentado explicarle sobre los deseos, la soledad y la diversión temporal adquirió un nuevo significado. Más intenso, más acuciante y más peligroso.

—Dulces... —exclamó, y dejó caer el teléfono.

Temía que la hubiera pillado observándolo desde la ventana, o que hubiera oído el ruido del teléfono contra el suelo de baldosas. No era probable, debido a la distancia y las paredes que se interponían entre ellos. Pero entonces él se giró y la miró directamente a través de la ventana, y Lily tragó saliva y cayó de rodillas, sintiéndose avergonzada, confundida y ardiendo por dentro.

Como si hubiera contraído una fiebre altísima en cuestión de segundos.

Se llevó la mano a la frente para comprobar si estaba caliente. Una madre podía saberlo sólo por el tacto, después de tratar tantas fiebres infantiles. Pero aquella vez no podía estar segura.

Aturdida, volvió a levantarse y miró con cuidado por la ventana. Sólo vio el camión abierto y unas cuantas cajas.

Ni rastro de él. Debía de ser uno de los transportistas de la mudanza, se dijo a sí misma mientras abría el armario de las medicinas en busca del termómetro. Los hombres de su barrio no tenían esos músculos tan prietos ni esa piel tan bronceada. Eran hombres de traje y corbata, apostados detrás de un escritorio, donde no podían desarrollar esa clase de musculatura.

Encontró el termómetro y se lo metió en la boca, y justo en ese instante sonó el teléfono.

La llamada debía de haberse cortado cuando el teléfono impactó contra el suelo, por lo que debía de ser su hermana llamando de nuevo. Lily no quería hablar con ella, pero Marcy no le daría la opción de ignorarla, porque seguiría llamándola hasta que Lily se rindiera. O peor aún, se montaría en el coche y conduciría los veinte minutos que las separaban para asegurarse de que Lily se encontraba bien.

Marcy se empeñaba en ser sobreprotectora desde que Richard se marchó.

—Vale, tú ganas —murmuró, y agarró el teléfono con el termómetro aún en la boca—. ¿Di'a?

—¿Qué ha pasado? —exigió saber Marcy.

—Lo sien' o. Se me ca'ó el te'éfono —dijo lo mejor que pudo.

—¿Cómo?

—E'pe'a —el termómetro emitió un pitido y se lo sacó de la boca. No tenía fiebre. Qué extraño—. Me estaba tomando la temperatura. Sentí unos ardores y se me cayó el teléfono.

No había sido precisamente en ese orden, pero Marcy no necesitaba saber todos los detalles.

—¿Crees que tienes fiebre... sólo por hablar de dulces?

Lily puso los ojos en blanco. Las hijas de Marcy debían de estar aún con ella. No se marchaban a la escuela hasta quince minutos después que las hijas de Lily.

—No, no sólo por hablar de dulces. Sentía calor, eso es todo.

—Hay algo que no me estás contando —insistió Marcy.

—Hay mucho que no te cuento ni a ti ni a nadie —admitió Lily, inclinándose ligeramente hacia la izquierda para poder mirar otra vez por la ventana.

Y allí estaba... descargando una silla de cocina.

Lily no pudo evitar un suspiro.

—¡Lo sabía! —exclamó Marcy al oírla—. ¿Qué está pasando? ¿Tienes a un hombre ahí?

—No, no tengo a ningún hombre aquí ni quiero tenerlo. Acabo de librarme de uno que me dio suficientes problemas para toda una vida.

—Cariño, ya hemos hablado de eso. No vas a renunciar a los hombres de por vida. Ahora crees que sí, pero te aseguro que cambiarás de opinión. Simplemente, estás hibernando.

—¿Hibernando?

—Sí, pero no siempre será así. Un día aparecerá un hombre especial y despertarás de tu letargo para comenzar una vida muy... dulce.

—¿La tía Lily tiene una vida muy dulce? —oyó Lily que preguntaba la hija menor de Marcy, y se echó a reír.

—¿Qué es una vida dulce? —preguntó Stacy—. ¿Comer dulces todos los días?

—No —respondió Marcy.

—A mí me gusta el dulce. ¿Puedo tener una vida dulce?

—No. Nadie se pasa la vida entera comiendo dulces —insistió Marcy, antes de seguir hablando con su hermana—. La he hecho buena... Ahora se lo contará a las otras niñas de la escuela y estaré recibiendo llamadas de sus madres toda la semana. Todos los niños querrán una vida dulce, y sus madres querrán saber a qué estoy jugando, diciéndoles que pueden comer dulces todo el tiempo. ¿Cómo voy a explicar esto?

—Lo siento. Tengo que irme —dijo Lily, y oyó el gruñido de su hermana justo antes de colgar.

¿Una vida dulce?, pensó, riéndose.

Hacía mucho que no se reía. La perspectiva de estar sola en el mundo salvo por dos niñas pequeñas que dependían de ella para todo le quitaba todas las ganas de reír.

Aunque, a medida que pasaba el tiempo, se hacía menos duro. Estaba tocada, pero no hundida.

Volvió a asomarse por la ventana... y allí seguía él, con una caja de gran tamaño apoyada en el hombro y los músculos de su brazo brillando por el sudor.

Tenía que ser un transportista, se repitió. Alguien tan atractivo no viviría en la puerta de al lado.

La mañana era muy calurosa. Seguramente no tuvieran ninguna bebida fría en aquella casa, pues había estado vacía durante tres meses, desde que los Sander se marcharon a San Diego.

Sería todo un detalle ofrecerles algo para beber, y tal vez aparecieran los dueños de la casa. O si no, podría sonsacarles a los transportistas un poco de información sobre la nueva familia.

Sus hijas estaban ansiosas por tener más amigas con las que jugar. Lo primero que le preguntarían cuando llegaran del colegio sería si los nuevos vecinos tenían niñas de su edad, y una buena madre tenía que estar preparada para responder a las dudas de sus hijas, ¿no?

Abrió la nevera y pensó que podría ofrecerles... ¿Una jarra de té helado? Sí, tenía una jarra casi llena. ¿Algunas galletas? Abrió los armarios, pero no tenía ingredientes para hacer galletas.

En cambio, sí tenía lo que necesitaba para hacer dulces de azúcar...

Sólo estaba comportándose como una buena vecina, se repitió a sí misma mientras cruzaba el jardín con una jarra de té, cuatro vasos de plástico y una bandeja de dulce de azúcar recién hecho. Una buena vecina. Nada más y nada menos.

Llegó a la parte trasera del camión y oyó a alguien que maldecía en voz baja. Entonces miró en el interior y allí lo encontró. Tenía los ojos entornados y el hombro derecho presionado contra una caja que se había quedado atascada sobre otra y que se resistía a moverse.

De cerca, vio que sus facciones eran duras y angulosas. Sus ojos eran oscuros, casi negros, y centelleaban por el esfuerzo y la irritación del momento. Recia mandíbula. Pelo castaño oscuro, un poco largo. Y una amplia extensión de piel desnuda y bronceada.

Fueron esos músculos y esa piel lo que volvieron a alterarla.

Empezó a sentir calor por todo el cuerpo y pensó en refrescarse la frente con la jarra del té, que ya estaba goteando por efecto de la condensación.

Tendría que tomarse la temperatura otra vez cuando volviera a casa, para estar segura. Porque estaba claro que algo le ocurría.

—Hola. ¿Puedo ayudarla, señorita? —preguntó una voz profunda tras ella.

—¡Oh! —dio un respingo y casi se le cayó la jarra de té, pero el joven larguirucho y desgarbado que tenía ante ella la agarró a tiempo.

—¡Jake! —exclamó el hombre que tanto le estaba alterando las hormonas.

—Lo siento —se disculpó el chico—. No pretendía asustarla.

—Oh, no. No pasa nada. No te oí, eso es todo —«estaba demasiado ocupada comiéndome a tu padre con los ojos».

Qué vergüenza.

¿Sabía aquel muchacho cómo reaccionaban las mujeres ante su padre?

¿Y lo sabía su padre?

Lily deseó que se la tragara la tierra.

—¿Eso es para nosotros? —preguntó el chico, señalando la bandeja con los dulces de azúcar.

—¡Jake! —le gritó severamente su padre, alto y amenazador en el borde del camión.

Lily lo miró nerviosa y apartó rápidamente la mirada.

—Lo siento —volvió a disculparse el chico—. Es sólo que... Hace mucho calor y llevamos horas con esto. Tengo hambre.

—Tú siempre tienes hambre —lo acusó su padre en tono autoritario.

—Sí —corroboró Lily—. Tengo unos sobrinos de tu misma edad, y sé que los adolescentes siempre tienen hambre. Por eso pensé en venir a... presentarme.

—Dulces —apreció Jake cuando ella le ofreció la bandeja—. Jake Elliot. Y éste es mi tío, Nick Malone.

«Tío». No era su padre. ¿Se estaban mudando juntos? ¿O tal vez Nick estaba ayudando con la mudanza a Jake y su familia?

—Me llamo Lily Tanner, y vivo en la casa de al lado —asintió hacia su casa y levantó la jarra—. ¿Os apetece un poco de té?

—Oh, sí —dijo Jake, con la boca llena—. Eh, aún está caliente. ¿Lo acabas de hacer?

—Sí —respondió Lily.

—¡Fenomenal!

—Seguro que su intención era ofrecer los dulces para más tarde —señaló su tío—. Y antes de seguir comiendo, podrías darle las gracias.

—Gracias —murmuró Jake sin dejar de comer—. De verdad, señorita. Está delicioso.

—De nada —respondió ella. Le ofreció un vaso de plástico y se lo llenó de té.

Entonces se preparó para encarar al tío Nick, quien acababa de bajar de un salto del camión, aterrizando a una distancia demasiado corta para su propia tranquilidad.

Agarró una camiseta blanca del suelo del camión y se la puso rápidamente sobre la cabeza y el torso. La misteriosa fiebre de Lily tendría que haber desaparecido al ocultarse la visión de sus músculos. Pero no fue así.

Más bien al contrario. El calor aumentó ahora que lo tenía frente a ella, mirándola con aquellos penetrantes ojos oscuros.

—Lo siento —dijo él—. Le he dicho millones de veces que diga «por favor» y «gracias», pero no hay manera de metérselo en la cabeza.

—Lo imagino —aseveró ella—. Me pasa lo mismo con mis hijas.

—¿Tienes hijas? —preguntó Jake.

Lily le sonrió.

—Me temo que son demasiado jóvenes para ti.

—Sólo tengo quince años.

Parecía imposible que fuera tan joven, tan alto para su edad. Lo único infantil era su rostro.

—Parezco mayor, ya lo sé.

—Sí que lo pareces. Pero mis hijas sólo tienen nueve y seis años.

—Oh —murmuró él encogiéndose de hombros, como si no le diera importancia.

Lily estaba segura de que tendría admiradoras de sobra, igual que su tío.

—Tengo que ir adentro. Este sol me está asando —dijo Jake, girándose para marcharse—. Gracias otra vez, señora Tanner.

—De nada —dijo Lily, y de repente sintió que se quedaba sin palabras.

Nerviosa. Roja como un tomate. Ridícula.

Le ofreció un vaso al señor Macizo y Sudoroso, pensando que el sudor nunca le había parecido tan excitante.

—Gracias —dijo él, y agarró el vaso para que ella se lo llenara—. Ese mocoso se escapó con todos los dulces, ¿eh?

Lily sonrió, intentando no mostrarse demasiado coqueta. No estaba flirteando con él ni nada por el estilo.

—Eso parece. Deberías darse prisa o te quedarás sin nada. Si es como mis sobrinos, no tardará ni cinco minutos en comérselos todos.

—Muy propio de Jake —corroboró él, y echó la cabeza hacia atrás para tomar un largo trago de té—. Vaya... lo necesitaba.

—Puedes quedarte con la jarra —ofreció ella—. Pensé que tu nevera estaría vacía, y como hace tanto calor... me pareció una buena idea.

—Desde luego. Jake y yo te lo agradecemos mucho.

—Así que... ¿te mudas aquí? ¿O Jake y su familia? —esperó dar la imagen de una buena vecina y nada más, y que el rubor de su rostro no la estuviera delatando.

—Sólo Jake y yo —respondió él, adoptando una expresión mucho más severa—. Mi hermana y su marido murieron en un accidente de coche hace seis semanas. Tienen dos hijos gemelos estudiando en la Universidad de Virginia, y Jake es el menor. Aparte de sus hermanos, yo soy la única familia que les queda.

—Oh, lo siento mucho —dijo Lily, avergonzándose por haber estado admirando los músculos sudorosos de un hombre que acababa de perder a su hermana.

—Gracias. Aún está reciente, pero...

—Naturalmente. Siento haber preguntado...

—No, me alegra que lo hayas hecho y que me lo hayas preguntado a mí y no a él. Aún está muy afectado, y no sabe cómo responder.

—Lo entiendo. Mis hijas se sentían igual de perdidas cuando mi marido y yo nos divorciamos. Ya sé que no es lo mismo pero... odiaban que todo el mundo les preguntase por qué su padre ya no vivía con nosotras.

Él asintió en silencio, comprensivo. Era la clase de hombre que se cargaría con la pesada tarea de educar en solitario a un sobrino de quince años. Tal vez aquella expresión ceñuda sólo fuera el resultado de lo que había soportado durante las seis últimas semanas.

—Bueno, creo que debería dejar que volvieras al trabajo —dijo, tendiéndole la jarra—. Avísame si necesitas cualquier cosa. Casi siempre estoy en casa.

—Gracias otra vez. Has sido muy amable.

«Amable». Estupendo. Pensaba que era amable. Ojalá no supiera que lo había estado espiando como una adolescente enamorada, mientras él seguía llorando la muerte de su hermana y su cuñado y ocupándose de su pobre sobrino huérfano.

«¿Qué demonios te pasa?», se preguntó a sí misma, intentando ocultar su consternación tras una sonrisa forzada.

Él asintió hacia la casa.

—Voy a entrar a tomar unos pocos dulces.

Sí... pensó ella, despidiéndose con la cabeza.

Dulce.

Capítulo 2

JAKE estaba atiborrándose de dulces como si la vida le fuera en ello, cuando Nick entró finalmente en la cocina de su nueva casa. Se detuvo por un momento para tenderle el vaso vacío a Nick y que éste volviera a llenárselo de té antes de dejar la jarra en la encimera.

—Es muy guapa para ser madre —dijo—. Y sabe hacer unos dulces deliciosos.

—No lo sé. Aún no los he probado —repuso Nick, esperando no sonar demasiado arisco.

No tenía razón para estar huraño, pero se había convertido en una costumbre después de pasarse años gritándoles órdenes a los soldados. Sin embargo, se esforzaba al máximo para suavizar su temperamento con Jake y sus hermanos.

Jake le ofreció lo que quedaba de dulce y Nick probó un pedazo. Un sabor parecido al éxtasis explotó en su boca.

Estuvo a punto de soltar una palabra bastante ordinaria, pero se contuvo a tiempo. También tenía que refrenarse para no soltar palabrotas delante del chico.

—Está de muerte, ¿verdad? —dijo Jake—. ¿Qué crees que tendríamos que hacer para conseguir que nos hiciera la cena?

—Lo veo muy difícil. Es una madre soltera con dos niñas pequeñas —respondió Nick, saboreando el dulce en la boca—. No creo que tenga mucho tiempo libre.

—Aun así, estoy seguro de que lo haría por ti —insistió Jake, esperanzado—. ¿Viste la manera en que te miraba? Como si no le importara que fueras...

—¿Mayor? —preguntó Nick.

—Iba a decir «viejo» —dijo Jake con una sonrisa, alargando el brazo hacia el último trozo de dulce.

—Tócalo y eres hombre muerto —le advirtió Nick—. Ya has tomado bastantes.

—Sí, pero aún tengo hambre —se quejó el chico. Y eso que no eran ni las diez de la mañana.

Lily Tanner tenía razón. Los adolescentes eran como sacos sin fondo. Nick no se había percatado de ello durante la primera semana que siguió a la muerte de su hermana y su cuñado, pues los vecinos se habían encargado de llevarles comida. Pero a pesar de que las cantidades eran muy generosas, el voraz apetito de Jake y los gemelos acabó con las provisiones en un abrir y cerrar de ojos. Ni siquiera el dolor y la pena podían mitigar el hambre de un adolescente por mucho tiempo.

—Vamos a terminar de sacar las cosas del camión antes de que haga más calor, y luego buscaremos algo para comer —dijo Nick—. ¿Quién sabe? A lo mejor se presenta otra de las vecinas con el almuerzo. Intenta mostrarte apenado, debilucho y muerto de hambre.

—Eso está hecho —aseveró Jake, tomándose otro vaso de té antes de salir.

Nick dejó su vaso, se metió el último trozo de dulce en la boca y miró a su alrededor. La casa estaba vacía, salvo por las cajas y los muebles que aún no habían sido colocados. Por milésima vez, confió en estar haciendo lo correcto al instalarse en Virginia e intentar hacerse cargo del muchacho.

Y se preguntó en qué demonios había estado pensando su hermana al nombrarlo tutor del chico en su testamento.

Al mediodía habían sacado todas las cosas del camión. Movieron algunas cajas para tener un poco de espacio y se desplomaron en el sofá, que estaba temporalmente situado bajo un ventilador en el techo.

Nick estaba tan cansado que tuvo que dejar que fuera Jake quien lo moviera todo. El chico era muy fuerte, aunque Nick confiaba en que podría vencerlo si tuvieran que llegar a las manos. Por el aluvión de consejos que había recibido en las últimas semanas sobre la educación de los adolescentes, había llegado a pensar que todo se reducía a la cuestión de quién era el más fuerte. Aunque no se imaginaba a Jake tan rebelde como para desoír sus órdenes y hacer necesaria la fuerza física.

Pero ¿qué sabía Nick de los jóvenes? Prácticamente nada. Gracias a Dios, era un chico. Si hubiera tratado de una chica, no quería ni imaginarse cómo habría sido.

Aunque si su hermana hubiera tenido hijas, nunca las habría dejado a cargo de Nick.

—Me muero de hambre —dijo Jake, estirando sus largas piernas y apoyando la cabeza en el respaldo.

—Dime algo que no sepa —murmuró Nick, intentando recordar los locales de comida rápida que había visto de camino.

Entonces sonó el timbre de la puerta. Jake se incorporó con expresión esperanzada.

—¿Crees que serán más dulces?

—Creo que nos vendría bien algo más sustancioso, ¿no te parece?

—Sí, supongo —admitió Jake, y se levantó para abrir la puerta.

Nick lo agradeció, pues realmente se veía incapaz de moverse. Por nada del mundo querría volver a tener quince años, pero no le vendría mal aquel torrente de energía juvenil, especialmente en días como aquél.

Jake abrió la puerta y sonrió con entusiasmo. Debía de ser más comida. Nick se obligó a levantarse, intentando no poner una mueca de dolor. Al menos Jake no veía su muestra de debilidad, porque sólo tenía ojos para el estofado de pollo que portaba en sus manos.

Le dieron las gracias a la amable vecina por la comida y se dirigieron a la cocina para agarrar un tenedor cada uno y comer directamente de la cacerola. La madre de Jake estaría horrorizada por la falta de modales, pero al menos el chico estaba comiendo.

Acompañaron el estofado con el té helado de Lily Tanner, y Jake limpió la cacerola con la lengua, como si fuera un perro que llevara días sin comer.

—Creo que me va a gustar este barrio —dijo—. ¿Crees que se presentará alguien más con la cena?

—Ojalá —respondió Nick.

Lily tenía intención de trabajar un poco aquel día. Al volver a casa después de conocer a sus vecinos se había tomado la temperatura otra vez. No tenía fiebre, pero se sentía muy débil y temblorosa.

¿Estaría pillando algo? Sin duda. No podía haber otra explicación.

Se fue a trabajar al comedor, cuyas paredes estaban listas para el empapelado, la pintura y el friso de madera. Había sido decoradora de interiores antes de que nacieran las niñas, para luego convertirse en madre y ama de casa con una afición casi obsesiva por las reformas. Tres años antes, había convencido a Richard para vender la casa y comprar otra más grande que pudieran reformar a su gusto. Un año después, y tras mucho trabajo por parte de Lily, habían vendido la casa a un precio mucho mayor y habían comprado otra.

Aquélla era su cuarta casa. La habían comprado unas semanas antes de que Richard anunciara que iba a dejarla. El divorcio estipulaba que ella le debía la mitad de la cantidad que habían invertido en la casa, pero Lily tenía un año para terminar las reformas y poder venderla a buen pecio. Había trabajado muy duro para llegar a ese acuerdo, y contaba con los beneficios de la venta de la casa para comprar otra más pequeña para ella y sus hijas.

Por ello siempre estaba ocupada. Aún le faltaba mucho por hacer, pero el teléfono no dejaba de sonar. Parecía que todas las vecinas del barrio la habían visto hablar con aquel espléndido espécimen masculino, y ansiaban saber si efectivamente se había mudado a aquella casa, si aquel adolescente era su hijo, y si un hombre semejante podía estar soltero.

Lily tenía las respuestas a las tres preguntas, lo que la convertía en una mujer muy popular aquella mañana. Pero sus vecinas no perdieron tiempo en ponerse manos a la obra. Al mediodía, un desfile de mujeres marchaba hacia la casa, portando bandejas y cacerolas y luciendo sonrisas radiantes, ataviadas y maquilladas como si fueran a comer con una celebridad en vez de pasarse a saludar a un nuevo vecino.

—Descarada —murmuró Lily para sí misma, viendo a Jean Summer, que vivía tres casas más abajo, presentarse con un suéter de amplio escote que apenas ocultaba sus generosos pechos.

Sus nuevos vecinos disfrutarían mucho más con aquella impúdica imagen que con el pavo al curry de Jean, que Lily sabía por experiencia que estaba bastante seco.

Sissy Williams se presentó con su minúsculo conjunto de tenis, y prácticamente brincaba de entusiasmo mientras les ofrecía lo que parecía una tarta. A Jake le encantaría.

Pero la más descarada de todas fue sin duda Audrey Graham, que apareció con unos pantalones cortos de footing y un sujetador de lycra.

—Al menos podrías ponerte una camiseta —masculló Lily.

Ella al menos se había presentado con la ropa puesta y sin una gota de maquillaje. Se sentía muy superior a aquel pase de modelos caseras, que parecían competir entre ellas a ver quién mostraba más piel desnuda. Se preguntó si también sus vecinas habrían sentido los mismos calores que ella, porque Nick había vuelto a quitarse la camiseta para seguir descargando las cosas del camión. A Lily le hubiera resultado imposible no darse cuenta, ya que vivía en la casa de al lado.

Pero no lo estaba espiando ni nada por el estilo. Simplemente, al pasar junto a la ventana de la cocina, lo que hacía varias veces al día, echó un vistazo al exterior y vio a Nick, a Jake y al desfile de mujeres portadoras de comida y ligeras de ropa.

Nunca había presenciado un comportamiento semejante en sus vecinas. Al fin y al cabo, aquél era un vecindario muy decente y respetable.

Su hermana volvió a llamarla por teléfono, pero

Lily se mostró muy poco comunicativa y no hubo más comentarios sobre los dulces. Las niñas volvieron del colegio, rebosantes de entusiasmo y energías, hasta que Lily les dio de comer y las acució a hacer los deberes. Entonces las invadió una repentina fatiga y se tiraron al suelo del salón para ver una película en el Disney Channel, hasta que su madre las hizo acostarse a las ocho y media.

Unos minutos más tarde, Lily estaba cargando el lavavajillas cuando vio a Jake dirigiéndose hacia la puerta de su cocina.

Se peinó rápidamente con las manos, se sacudió la camisa para asegurarse de que no tuviera polvo de las paredes del comedor, y abrió la puerta.

Jake se disponía a llamar con los nudillos. Parecía un cachorro gigante, con sus grandes orejas y pies y su espesa mata de pelo.

—Hola —lo saludó ella—. ¿Ya lo habéis metido todo en casa?

—Sí, señorita —respondió él, entrando en la cocina.

—Debes de estar muy cansado.

—Un poco —repuso, como si hiciera falta mucho más para cansar a un chico de su edad.

—¿Qué puedo hacer por ti?

—Bueno... tengo un problema y no sé qué hacer al respecto... Ha venido a vernos mucha gente, con montones de comida...

—Sí, me he fijado —admitió ella.

—Nada estaba tan bueno como tus dulces, pero no estaba mal. Mi tío me ha dicho que haga una lista con las cosas que nos han traído y quién lo ha hecho, para que podamos devolver los recipientes a cada una y darles las gracias. Y... bueno, he hecho una lista, pero... no del todo.

—Ah —dijo Lily, asintiendo—. Te entró hambre y te distrajiste.

—Sí. Y ahora no sé qué hacer. Tengo un montón de etiquetas con nombres, pero no sé a qué platos corresponden, aunque recuerdo el aspecto de algunas de las mujeres...

Como Audrey en sujetador... Lily estaba segura de que Jake no olvidaría una imagen como ésa.

—Creo que sabré relacionar casi todos los recipientes con las etiquetas —le dijo ella—. Preparamos las mismas recetas cuando cocinamos para los demás. Conozco las especialidades de todas.

El chico la miró tan agradecido que Lily sintió ganas de abrazarlo. Pobre. Debía de haber tenido un día agotador, además de las últimas seis semanas.

—Mis hijas ya están durmiendo...

—Puedo quedarme aquí, por si se despiertan —se ofreció él.

—Muy bien —aceptó ella—. No tardaré ni un minuto. ¿Está todo en la nevera?

—Sí, y las etiquetas y lo demás están en la encimera, junto a la nevera. He dejado abierta la puerta de la cocina, y mi tío ha ido a devolver el camión de alquiler, así que la casa está vacía.

—De acuerdo. Enseguida vuelvo.

Conocía la casa de la última pareja que vivió en ella. La cocina estaba frente a la suya, de modo que sólo tuvo que rodear los arbustos y entrar. Dentro se encontró todo como Jake le había dicho.

Sissy había llevado efectivamente una tarta de frutas glaseadas, demasiado elaborada para que la hubiera hecho ella misma. Sissy no se desenvolvía muy bien en la cocina, pero debería de haber sabido que a un chico adolescente no le interesaba la alta repostería.

El pavo de Jean parecía más sabroso de lo habitual. Fue fácil emparejar ese plato con la etiqueta de Jean. Media docena de emparejamientos después, sólo quedaba la etiqueta de Audrey y otra con una escritura horrible, propia de adolescentes. ¿Incluso las jóvenes alardeaban de sus dotes culinarias además de sus cuerpos? Los dos platos que quedaban eran una ensalada de pasta y un pollo asado. Con un cuerpo como el suyo, Audrey no debía de ser muy amiga de los hidratos de carbono. El pollo asado le correspondería seguramente a ella.

Por si acaso decidió preguntárselo a Jake, quien no debía de haber olvidado a Audrey y su minúsculo conjunto. Confiaba en que aquella voluptuosa imagen no le hubiera nublado la razón.

Agarró el recipiente del pollo para mostrárselo a Jake y abrió la puerta de la cocina. Y entonces se topó con Nick.

Tuvo que reaccionar con rapidez para impedir que se le cayera el pollo al suelo. Pero él parecía más preocupado por ella que por el pollo, porque mientras Lily agarraba la cacerola, él la sujetó por los brazos, rápido como un rayo.

Habría caído de espaldas de no ser por él.

—Lily... ¿Estás bien? —le preguntó, demasiado cerca de ella y con una expresión ligeramente divertida.

—Sí —susurró.

—Siento haberte asustado.

Sus manos la siguieron sujetando, provocándole un extraño hormigueo en los brazos. Una vez que se aseguró de que había recuperado el equilibrio, la soltó y dio un paso atrás.

—No. Ha sido culpa mía. No estaba mirando dónde pisaba —admitió ella. Tenía la voz trabada, le faltaba el aliento y lo único que podía ver eran unos hombros anchos y unos brazos musculosos.

Sentía el calor varonil que irradiaba aquel cuerpo.

Su reacción debía de ser normal, decidió. Después de todo, hacía años que no estaba tan cerca de un hombre, aparte de su ex marido.

Parpadeó unas cuantas veces y lo miró. Estaba confusa, avergonzada y... no estaba segura de qué más.

¿En qué había estado pensando? ¿Qué podía decir? Tenía la mente en blanco.

—No creo que seas la clase de mujer que se dedique a robar pollos asados de los vecinos... —dijo él.

—Oh, no, no —se apresuró ella a explicarse—. No estaba robando. Lo juro.

—No pensaba que lo estuvieras haciendo, Lily.

No. Seguramente pensaba que estaba loca.

—Jake no sabía a qué vecina correspondía cada plato, y yo me ofrecí a ayudarlo.

—Sí. Retiró las tapas con las etiquetas y se puso a comer directamente de los recipientes, antes de pensar siquiera en quién había traído cada plato.

—Parece un chico encantador. Ahora está en mi casa, por si acaso mis hijas se despiertan. Estoy segura de quién ha traído cada plato, salvo esto y otra cosa más —sostuvo en alto la cacerola del pollo.

—Recuerdo quién trajo esto —dijo Nick—. Una mujer con un conjunto... minúsculo. Pantalones cortos y una especie de sujetador.

—Audrey Graham —dijo ella, volviéndose hacia la cocina—. Le pondré su etiqueta a la cacerola y...

—¿Tiene la costumbre de presentarse en casa de los vecinos con esa ropa?

Lily se echó a reír. Pero entonces recordó que ella había sido la primera en ir a verlo aquella mañana, aunque no fuera tan provocativamente vestida como Audrey y las otras.

¿Qué opinión tendría Nick de ella? ¿Que era igual que las demás?

—Bueno... Audrey es... Digamos que se aficionó al deporte después de su divorcio —era lo más amable que se le ocurría—. Sale a correr todos los días, y hace tanto calor que...

Se dio la vuelta, después de haber etiquetado los platos, y vio a Nick apoyado en la encimera, como si no quisiera recibir respuesta para la gran cantidad de dudas que debían de invadirlo.

—Es un barrio muy acogedor, por lo que veo —comentó.

—Sí. Mucho.

—Nunca había vivido en un lugar como éste. No me esperaba una bienvenida semejante —dijo con cierta cautela, como si fuera un tema delicado—. ¿Siempre son así los recibimientos por aquí?

—Bueno... —pensó que debería advertirle. O darle las buenas noticias, dependiendo de cuál fuera su punto de vista—. No hay muchos hombres solteros en el barrio.

—Entiendo —dijo él, aunque parecía más confuso aún.

—Casi todo son parejas casadas y madres divorciadas —explicó ella.

Madres divorciadas y solitarias.

Madres con necesidades no satisfechas.

No como ella, naturalmente. Ella no necesitaba nada. Sólo un baño de espuma y un buen libro.

Y sin embargo allí estaba, frente a aquel vecino arrebatadoramente atractivo, volviendo a sentir aquella extraña fiebre que el termómetro se empeñaba en desmentir.

Lo miró con la expresión más inocente que pudo adoptar.

—¿Y todas las mujeres que han venido hoy son solteras? —preguntó él, como si aquella posibilidad le asustara un poco.

—No, no todas —respondió Lily, y entonces se dio cuenta de que estaba confesando haberse pasado todo el día espiando desde la ventana de su cocina.

No, un momento... Lo que había hecho era mirar las etiquetas de la comida que le habían llevado. Rezó porque aquélla fuera la interpretación de Nick, y no que hubiera estado espiándolo.

—Siempre les gusta dar la bienvenida a un nuevo vecino.

A un nuevo hombre, más bien, pero no lo dijo. Aunque él debía de saber lo que quería decir. Si lo que Lily había presenciado aquel día significaba algo, un hombre como él podría tener a una mujer distinta cada día de la semana.

¿Querría algo así? ¿Una mujer distinta cada día? ¿Sería esa clase de hombre?

¿Y qué pasaba con su sobrino? ¿Recibiría Nick a un sinfín de amantes en su casa con Jake allí?

—Bueno, Jake está muy contento —dijo él finalmente—. Por desgracia, a ninguno de los dos se nos da bien la cocina.

—Entonces tú también debes de estar contento con todas estas... atenciones —dijo, como si se refiriera a algo más que la comida.

Cada vez se sentía más confusa y avergonzada.

¿Acaso él no era consciente de su tremendo atractivo? Sobre todo sin camiseta... Allá adonde fuera debía de causar sensación entre las mujeres.

¿Existiría un mundo donde un físico como aquél no revolucionara las hormonas femeninas?

Parecía muy improbable. Aunque tampoco podía afirmarlo, pues su existencia se reducía a las fiestas de cumpleaños infantiles, las comidas de vecinos y el trabajo como voluntaria en la escuela de sus hijas. Pero no iba a preguntarle a Nick nada de eso. Seguramente la veía como a cualquiera de sus vecinas. No tan descarada como Audrey Graham, pero sí una más de ellas.

Y tal vez lo fuera.

—Será mejor que vuelva a casa —dijo, pasando junto a él e intentando no dar una imagen de huida.

—Gracias por todo —dijo Nick.

—De nada. Espero que os guste vivir aquí —no lo dijo por las mujeres, pensó, ruborizándose al pensar en lo que podría hacer él con todas esas mujeres—. Enviaré a Jake de vuelta.

Capítulo 3

CUATRO días más tarde, Nick esperaba en la puerta de su nueva casa. Aún no había amanecido y se había vestido para salir a correr, pero en vez de eso examinaba la calle desde la ventana, como si temiera que fueran a atacarlo con las primeras luces del alba, en uno de los barrios más tranquilos de la ciudad.

No temía a ningún ladrón, pero sí a una mujer con sujetador de lycra.

Dos días antes lo había seguido durante los ocho kilómetros de carrera, sin parar de hablar mientras trotaba a su lado, cuando lo único que Nick quería era despejar la mente de preocupaciones y ocuparse de respirar y de poner un pie delante de otro. Y por si eso fuera poco, lo había seguido hasta su casa y al interior de la misma.

Antes de que él pudiera percatarse de sus intenciones, la mujer se había adueñado de su cocina. Bueno, sí sabía cuáles eran sus intenciones, pero no que fuera a llevarlas a cabo en su propia cocina. Antes de que pudiera hacer nada había entrado Jake. El chico estaba medio dormido y tan hambriento como siempre, pero la imagen que lo esperaba en la cocina lo había despejado por completo. Algo que Nick no quería repetir.

Tampoco quería que nadie le estuviera hablando mientras corría. Y por eso vigilaba la calle desde la ventana, preguntándose si Audrey Graham estaría esperándolo allí fuera, a pesar de que él le había dicho, en un tono cortés pero tajante, que no estaba interesado.

—¿Qué haces? —le preguntó Jake detrás de él.

Nick dio un respingo y casi se le salió el corazón por la boca.

Demasiados años en el ejército, antes de entrar en el FBI.

Jake bostezó.

—Lo siento. Se me olvidó.

—Si sigues acercándote por detrás sin hacer ruido, acabaré rompiéndote el cuello antes de darme cuenta de que eres tú —le advirtió Nick.

—¿Podrías hacer eso? —le preguntó Jake en tono de admiración.

—En un santiamén —se jactó Nick, confiando en que el chico lo creyera y recordara la advertencia para la próxima vez. Ya había estado a punto de hacerle daño en una ocasión que lo sobresaltó.

—Lo siento, pensé que me habías oído —volvió Jake a disculparse mientras se encogía de hombros, como si la posibilidad de que le rompiera el cuello no significara gran cosa—. ¿Qué haces? ¿Has salido a correr?

—Aún no.

—Espera un momento... —dijo Jake, súbitamente interesado—. No estarás... ¿Hay alguien ahí fuera?

—¿Alguien? —repitió Nick.

—Ya sabes... Una mujer.

—No, no hay ninguna mujer ahí fuera.

—Porque si quieres acostarte con alguien, por mí no hay ningún problema. ¿Es esa Audrey? La que tiene esos melones gigantes... —levantó las manos y las sostuvo a medio metro del pecho—. ¿O la hija? Me gustaría conocerla.

—No, no es ella. No hay nadie, ya te lo dicho.

—Nadie que yo conozca, ¿eh?

—Nadie en absoluto. Además, yo no haría algo así...

Iba a decir «contigo en casa», pero le sonaba un poco hipócrita. ¿Acaso tenía que comportarse como un monje, sólo porque estuviera soltero y a cargo del muchacho? ¿Un muchacho en plena adolescencia y con las hormonas desatadas?

No creía que tuviera que ser un monje, pero ¿qué sabía él sobre la vida sexual de los padres solteros? No mucho, la verdad. Nunca había tenido una relación seria con una madre soltera... Ni con ninguna otra. Las relaciones estables no eran lo suyo.

—Entonces, ¿vas a estar sin hacerlo hasta que yo cumpla los dieciocho? —preguntó Jake, como si no pudiera creerlo—. Me parecía que eras más enrollado con esas cosas... Ya sabes, que traerías mujeres a casa, y que yo traería a mis chicas...

Nick lo miró a los ojos.

—¿Tus chicas? ¿En plural?

—Bueno, no exactamente... No en estos momentos.

—¿Una? ¿Tienes a una chica a la que piensas meter en tu habitación? ¿Con quince años?

—Bueno... puede.

—Pues quítate esa idea de la cabeza, porque eso no va a pasar —declaró Nick rotundamente.

—Pero... yo creía que...

—Estabas equivocado.

Jake se marchó gruñendo y farfullando a la cocina. Sin duda estaba otra vez hambriento, pues hacía más de seis horas que había comido. Nick lo había encontrado en la cocina a medianoche, devorando un cuenco gigantesco de cereales. Y ahora volvía a tener hambre.

Nick no podía meter a una mujer en aquella casa, por mucho que lo deseara. Jake siempre estaba hambriento y podía sorprenderlos en la cocina. Y además estaba pensando en llevar chicas a casa.

—¡Jesús! —exclamó—. ¿Qué voy a hacer con todo esto?

Ni siquiera podía salir a correr, porque cuando abrió la puerta atisbó a Audrey acechando detrás de un árbol.

Cerró con un portazo y se preguntó si podría esperar a que se fuera. ¿Aquella mujer no tenía que trabajar o cuidar a sus hijos? ¿No tenía otra cosa mejor que hacer que acosarlo?

Tendría que encontrar la manera de evitarla, ya fuera cambiando el horario para salir a correr o convenciéndola de que no estaba interesado. Pero la segunda opción se presentaba muy difícil, pues aquella mujer no debía de estar acostumbrada a que los hombres la rechazaran.

—Maldita sea.

Más tarde, estaba cortando el césped del jardín cuando Lily aparcó en el camino de entrada y se bajó del vehículo, sin rastro de sus niñas.

Él la saludó con la mano y siguió cortando el césped. Quería acabar con la tarea antes de que hiciera más calor. Pero entonces vio cómo ella abría el maletero del coche y empezaba a sacar listones de madera. Rápidamente apagó la cortadora y fue a ayudarla.

—Espera —dijo, agarrando un listón que se había caído al suelo—. Déjame que te ayude.

—Oh —se dio la vuelta hacia él, pero aún no había acabado de sacar la madera del coche, y Nick tuvo que moverse con rapidez para impedir que se le cayera todo al suelo.

—Lo siento. No quería asustarte —dijo, preguntándose si Lily se asustaba con facilidad o si era un poco torpe.

—No me has asustado. Es que... olvidé que estaba sosteniendo todo esto y... bueno, ya sabes.

—Ya lo tengo. Deja que lo lleve por ti —dijo él, secándose el sudor de la frente con el antebrazo.

—De acuerdo. Gracias.

Sacó las llaves y se dirigió hacia la puerta de la cocina. Hizo pasar a Nick y lo llevó al comedor, cuyas paredes estaban recién pintadas de un suave color dorado, listas para el friso de madera.

—Puedes dejarlo donde quieras —le dijo.

Nick apiló los listones en un rincón.

—¿Estás haciendo tú sola todo el trabajo?

—Sí. Me gusta. Antes era decoradora de interiores, pero descubrí que me gustaba tomar las decisiones por mí misma, mucho más que seguir las instrucciones de otra persona. Además, disfruto haciendo el trabajo yo sola. Así que, después de que mis hijas nacieran, empecé a reformar casas y a venderlas después.

Nick paseó la mirada por la habitación en obras y por la cocina, ya acabada.

—Haces un trabajo excelente, Lily.

—Gracias. ¿Cómo estás? ¿Y Jake?

—Jake... tan bien como se podría esperar, creo. Pero ¿qué sé yo? ¿Cómo crees tú que es?

—Encantador. Listo. Ansioso por complacer... Se ofreció a cortar mi césped a cambio de otra remesa de dulces.

—Oh, lo siento...

—No, es genial. Yo estaba harta de cortar el césped, sobre todo en esta época del año. Prefiero hacer dulces y pasteles y que otro se ocupe del césped en mi lugar.

—¿Estás segura?

—Completamente —entró en la cocina y sacó un par de vasos del armario—. ¿Te apetece beber algo? Parece que llevas un rato soportando el calor.

—Agua. Gracias.

Ella le tendió el vaso y él lo vació de un solo trago. Ella lo estuvo observando mientras bebía, como si él la hiciera sentirse incómoda o insegura. Pero entonces sonrió y volvió a llenarle el vaso.

—Así que, si a ti te parece bien, haré un trato con Jake... Comida a cambio del césped.

—Me parece estupendo. Pero no dejes que se aproveche de ti ni de tu tiempo.

Ella se encogió de hombros y esbozó una sonrisa nerviosa.

—Me gusta cocinar, y empleo el mismo tiempo en preparar algo para cinco personas que para mí y las niñas. ¿Cuál es su comida favorita?

—No tengo ni idea —admitió él. Una cosa más que ignoraba de los jóvenes en general, y de aquel chico en particular—. Hasta ahora no he encontrado nada que no le guste. Recuerdo que una vez estaba en casa de mi hermana, hace un año más o menos, y ella había hecho un asado. Jake se zampó un montón de platos a rebosar. Una hora después entré en la cocina a por algo de beber y me lo encontré comiéndose los restos, fríos, supongo, en la misma cacerola. El chico no tiene modales en lo que se refiere a la comida, y su apetito es insaciable, incluso después de haber comido —sacudió la cabeza, entre consternado y maravillado.

—Muy bien —dijo Lily—. Un asado, entonces. ¿Algo más?

Nick vaciló. Necesitaba hablar con alguien, pero... ¿con Lily? No la conocía tanto, y por muy abiertas que fueran las mujeres actuales sobre su sexualidad, no creía que Lily fuera una de ellas. Parecía dulce y un poco tímida, y Jake había supuesto que no llevaba mucho tiempo divorciada. No podía preguntarle cómo era su vida sexual teniendo a dos niñas en casa.

—Me gustaría ayudar, si fuera posible —dijo ella, toda dulzura y amabilidad.

Nick frunció el ceño. Quizá pudiera averiguar un poco más sobre Audrey Graham para conseguir evitarla.

—Bueno... —dudó—. No sé cómo decirte esto. No quiero que te sientas incómoda, pero...

Lily pensó que iba a morirse de vergüenza. Nick sabía que había estado espiándolo y quería hablarle de eso... Emitió un débil e involuntario gemido, pero él debió de oírlo, porque la agarró del brazo y la miró con preocupación.

—¿Lily? ¿Estás bien?

—Sí —mintió.

—¿Estás segura?

—Sí. Sigue. ¿Qué ibas a decirme?

—Audrey Graham —dijo él, como si le costara pronunciar el nombre.

—¡Oh! ¿Audrey? —repitió Lily con una sonrisa, tan aliviada que podría haberse puesto de rodillas y darle gracias a Dios.

Había estado convencida de que él sabía cómo había estado comiéndoselo con los ojos mientras descargaba el camión y mientras trabajaba en el jardín, y agradeció que aún no hiciera tanto calor y que siguiera con la camiseta puesta.

No podría soportar ver aquel torso desnudo en su cocina.

—Sí. Audrey. Me dijiste que salía a correr todos los días.

—Sí —corroboró ella. ¿Querría verla? Porque aquella mujer no perdía la oportunidad para exhibirse, y sus conjuntos eran cada vez más provocativos. Debía de haberse comprado ropa nueva después de la mudanza de Nick.

Alguien le había dicho que Nick y Audrey habían corrido juntos el día anterior, y que después Audrey había seguido a Nick al interior de su casa. Pero la gente decía muchas cosas, y Lily tenía por principio no creerse todo lo que oía.

—¿Sabes por dónde suele correr? ¿Qué distancia y qué ruta? —preguntó Nick. Parecía muy incómodo con la pregunta.

—La verdad es que no. Yo nunca salgo a correr. A veces la veo pasar por delante de casa.

Con más frecuencia ahora que Nick se había mudado... ¿Significaba eso que Nick no había corrido con ella y que los rumores eran falsos?

—Y... tampoco sé cómo decir esto, pero... ¿y si quisiera salir a correr sin... tropezarme con ella?

—Oh —murmuró Lily, aliviada y al mismo tiempo desconcertada.

¿Nick quería evitar a una mujer con un físico como el de Audrey?

—Me gusta correr solo —explicó él—. Eso es todo. Lo hago para intentar despejarme, pero el otro día me siguió y... bueno, no dejó de hablar en todo el rato.

—Oh, entiendo —asintió, regodeándose al pensar en el fracaso de Audrey, medio desnuda y haciendo botar sus pechos, al intentar seducir a Nick.

No debería alegrarse por ello, porque el marido de Audrey se había marchado igual que lo había hecho Richard. Lily sabía lo mal que debía de estar pasándolo Audrey, pero aun así... no quería que consiguiera a Nick.

—Si cortar por mi jardín trasero y luego tomas la primera a la izquierda y luego a la derecha, saldrás del barrio por la parte de atrás y desde allí podrás correr tranquilamente, porque creo que ella se queda por estas calles.

—Perfecto —dijo él con una sonrisa—. Muchas gracias.

—No hay de qué. Aquí estoy para lo que necesites.

Por un momento pareció que él iba a decir algo más, pero debió de pensárselo mejor y se limitó a dejar el vaso vacío en la encimera.

—Será mejor que me vaya a terminar de cortar el césped, antes de que haga más calor.

—Muy bien.

Lily se dispuso a abrir la puerta, pero él lo hizo al mismo tiempo y los dos se chocaron el uno con el otro. Al apartarse, ella se movió a la izquierda y él a la derecha, por lo que acabaron aún más pegados.

Nick se rió entre dientes.

—Espera —dijo, y la agarró por los brazos para impedir que se moviera en la misma dirección que él.

Lo cual estuvo muy bien. Era un gesto muy... amable. Nada más.

No movió un solo músculo. No quería moverse, si era sincera consigo misma. Permaneció inmóvil, respirando su olor masculino. Un hombre grande y fuerte que había estado haciendo cosas de hombres en el exterior, y cuya recia piel parecía irradiar el calor del sol.

Y entonces se quedó petrificado.

—Maldición —murmuró, mirándola.

—¿Qué ocurre?

¿Había hecho ella algo? ¿Se habría delatado? ¿Tendría que vivir con la humillante certeza de que él sabía que ella lo deseaba tanto como Audrey?

—Audrey está ahí fuera. La he visto a través de la mosquitera —dijo él. Nos está viendo.

—No lo entiendo...

—Lily, hace dos días me siguió a la cocina, y estaba prácticamente sobre mí cuando Jake apareció.

—¡Oh!

—Creía haberle dejado muy claro que no estaba interesado, pero parece que no lo conseguí. No ha dejado de acosarme desde entonces. Pero Jake está fantaseando con su hija y por eso prefiero no ser muy duro con ella, a no ser que sea absolutamente necesario.

—Muy bien —dijo Lily, sin moverse. Estaba a medio centímetro de él y le gustaba. Le gustaba mucho—. Pero ¿qué tiene eso que ver con... esto?

Él respiró hondo, haciendo que el pecho se le elevara hasta tocar a Lily. Ella quería que la tocara. Sentía un hormigueo por todas partes, como si su cuerpo estuviera cantando de felicidad. Como si hubiera anhelado ese ligero contacto una docena de veces en las escasos segundos que llevaban en aquella posición. Deseando y esperando cosas que no se atrevía a pedir.

Era tan fuerte y poderoso. Tan... varonil.

Y hacía mucho tiempo que ella no estaba tan cerca de un hombre. Y desde luego, nunca había estado a tan corta distancia de un hombre tan irresistible como él. Irresistible físicamente, claro. No sabía casi nada de él. Sólo sabía que su cuerpo deseaba conocer mejor al suyo.

—Bueno —dijo él, inclinando la cabeza hasta que sus labios se posaron junto a la base del cuello de Lily. Sin llegar a tocarla, pero haciendo algo tan sensual como la más deliciosa de las caricias. Estaba aspirando su esencia, como un hombre que se estuviera relamiendo ante una opípara comida antes de dar el primer mordisco...

¡Un mordisco! No podía imaginárselo dándole un mordisco a ella. Los hombres no le daban mordiscos. Ella no era esa clase de chica. Aunque tal vez debería haberlo sido...

—Si pudiera quedarme así un momento —susurró él, rodeándola cuidadosamente con los brazos.

—Mmm-hmm —murmuró ella.

—Y si pudieras rodearme con tus brazos, sólo un minuto...

—Está bien —aceptó ella, demasiado contenta para quejarse.

Llevaba días imaginándose que lo tocaba. Que lo tocaba de todas las maneras posibles en todos los lugares posibles. Y descubrió que la realidad era aún mejor que la fantasía.

Sus músculos eran increíblemente sólidos y bien definidos. Lily deslizó las manos por sus bíceps, hasta sus anchos hombros. Llevó una mano hasta la base del cuello y el extremo de sus cabellos.

—Eso es —dijo él, como si realmente le gustara—. Así.

Lily tomó aire y sus pechos se elevaron hasta rozar el torso de Nick.

Él ahogó una especie de gemido y soltó una temblorosa carcajada.

—Está viendo todo lo que hacemos. Si te parece bien, podríamos quedarnos así un poco más...

Y entonces le acarició el lateral del cuello con la punta de la nariz, acercando tanto los labios que dejó un reguero de calor y deseo a su paso.

Lily se estremeció sin poder evitarlo.

Si aquello no acababa pronto, iba a suplicarle que dejara de actuar para engañar a Audrey y que la besara de verdad.

Se imaginó su boca abierta, descendiendo sobre la piel ardiente del hombro. La caricia de sus labios húmedos, su cuerpo fornido apretado contra el suyo.

Estiró el cuello hacia un lado, como si le estuviera ofreciendo todo lo que él quisiera. Él apretó los brazos en torno a ella, siempre con un cuidado exquisito, como si estuviera decidido a no aprovecharse de la situación.

Era un buen hombre.

Un buen hombre... endiabladamente sexy.

La nariz de Nick le rozó la oreja y el pelo, y su mano subió hasta su mejilla mientras los labios se posaban suavemente contra la sien. Pero entonces se retiró lentamente, con una sonrisa en el rostro.

Lily intentó no gemir ni suplicar. Intentó permanecer erguida sobre sus pies, sin ayuda, e intentó no dejarse afectar por lo que habían hecho... o porque se hubiera acabado.

—¿Lo... lo ha visto bien? —preguntó, recordándose de qué iba todo aquello.

—Sí, lo ha visto todo —corroboró él con una sonrisa despreocupada, como si fueran buenos amigos—. Espero no haberte ofendido...

—No, claro que no —le aseguró ella—. Lo que sea para ayudar a un vecino.

—Bueno, parece que se ha marchado, así que... —esperó un momento, como si quisiera decir algo más.

Ella también esperó, deseosa, anhelante, necesita-
da, emocionada y un poco asustada.

Pero él sacudió la cabeza.

—Debería volver al trabajo. Gracias otra vez, Lily.

—De nada.

Esperó hasta que se marchara y encendiera la cortadora de césped, antes de dejarse caer en el suelo de
la cocina, con la espalda apoyada en el armario. Cerró
los ojos y revivió cada segundo que habían compartido.

Era la experiencia más sensual que había tenido en
años.

Capítulo 4

JAKE no había estado espiándolos.

Había estado espiando a Audrey Graham, la mujer con los sujetadores de lycra y que se había lanzado sobre su tío en la cocina. Lo había hecho porque la señora Graham tenía a una hija preciosa de dieciséis años, un trofeo fuera del alcance de Jake a quien nunca se dignaría a mirar en la escuela. Pero un hombre no debía perder la esperanza...

En aquel momento había estado mirando a la señora Graham, esperando que su hija estuviera con ella. Pero no estaba. Había visto como la señora Graham miraba hacia la casa de Lily y cómo ponía cara de pocos amigos. Jake se preguntó qué estaba pasando y fue entonces cuando los vio.

¿Su tío y Lily? Parecía que Nick estaba lamiéndole el cuello a Lily o algo así, y era obvio que a Lily le gustaba.

¿A las mujeres les gustaba que les lamieran el cuello? Jake frunció el ceño. No tenía mucha experiencia con las mujeres, pero nunca había oído algo así. Besar el cuello, sí. Pero ¿lamer?

No tendría ningún problema en intentarlo. Estaba dispuesta a intentarlo todo, especialmente con Andie Graham. Sería su fiel esclavo, satisfaría todos sus deseos, haría lo que ella quisiera si conseguía hacerle notar su existencia y le permitiera acercarse lo suficiente a su cuello.

Miró otra vez a su tío y a Lily, sin saber lo que pensar al respecto. No quería que su tío enfureciera a la madre de Andie, por si acaso ella y Jake acababan juntos algún día. Por otro lado, le tenía mucho aprecio a Lily. Era una mujer muy simpática y comprensiva, y preparaba los dulces más deliciosos que él había probado en su vida. No quería que nadie le hiciera daño, y si Lily supiera que su tío había estado con la señora Graham en la cocina el otro día, se llevaría una gran desilusión.

A las mujeres no les gustaba compartir. Era una de las pocas cosas de las que Jake estaba seguro.

Y no le gustaba pensar que su tío fuera la clase de hombre que le hiciera daño a alguien como Lily. Frunció el ceño y...

—Disculpa. Estoy buscando la casa de los Malone. ¿Es aquí?

Por un momento pensó que debía de estar soñando, porque estaba convencido de que conocía aquella voz. Había soñado con esa voz. Y con mucho más.

Se dio la vuelta muy despacio, y esperó no parecer demasiado estúpido mientras se cercioraba de que no estaba soñando y de que Andie Graham estaba efectivamente delante de él.

—Eh... —fue todo lo que consiguió articular, antes de respirar hondo para intentar serenarse.

La protagonista de sus fantasías llevaba unos pantalones muy cortos y un pequeño top blanco con finos tirantes y amplio escote. Su deslumbrante aspecto hacía difícil respirar en su presencia.

Una fantasía hecha realidad.

¿Cómo era posible que estuviera buscando su casa?

—No es posible —murmuró en voz alta, sin darse cuenta.

Andie lo miró como si tuviera monos en la cara.

—¿La casa de los Malone? —repitió él en un tono ridículamente agudo, como si aún fuera un niño.

Ella asintió, como si temiera que las palabras fueran demasiado para él.

—Ésta es mi casa —dijo Jake, sin poder creérselo aún. Tenía que tratarse de un error. Era imposible que ella lo estuviese buscando.

Andie frunció el ceño, quizá porque no lo creía o porque estaba realmente confundida.

—¿Tu padre es Nick Malone?

—Mi tío —dijo él con el mismo tono agudo. Odiaba aquel tono.

—Oh. ¿Y ésa es tu casa? —preguntó ella, señalando la casa de Lily.

—No, es ésta —dijo él, asintiendo en la otra dirección.

—Oh. Está bien. Estaba... —parecía exasperada, no como la princesa rubia de sus fantasías, sino como una persona de carne y hueso con problemas como todo el mundo—. Estaba buscando a mi madre.

Parecía que no le gustaba admitirlo. O tal vez... ¿pensaba que su madre estaba allí con el tío de Jake? ¿Creía que había algo entre ellos?

—Está ahí mismo —dijo Jake, pero entonces le tocó a él fruncir el ceño. La señora Graham había desaparecido—. Estaba ahí hace un momento.

Andie suspiró, como si temiera lo que venía a continuación.

—¿Crees que ha entrado en tu casa?

—No. Mi tío no está ahí —le dijo Jake, sin añadir que su tío estaba en casa de Lily, lamiendo el cuello de Lily, y que la madre de Andie los había visto y no le había gustado nada.

—Oh —dijo ella, suspirando otra vez—. ¿Tu tío? ¿Está casado?

—No —respondió él. ¿Qué le importaba a ella si su tío estaba casado o no?

—Bueno... gracias. Estaré... estaré... —se detuvo un momento y lo miró con atención—. ¿Te conozco?

Jake negó con la cabeza, pero entonces se dio cuenta de que aquélla era su oportunidad. Ella sabía que existía, aunque sólo fuera para ayudarla a encontrar a su madre.

—Me llamo Jake. Jake Elliott. Vamos al mismo instituto... eso creo. ¿Jefferson?

—Sí, yo también voy al Jefferson. ¿En qué curso estás?

—En segundo —admitió él, sabiendo que ella estaba en un curso por encima. Una razón más por la que estaba fuera de su alcance.

—Oh —dijo ella—. Bueno, tengo que encontrar a mi madre. Hasta la vista.

Jake murmuró una despedida y vio cómo se alejaba con aquellos pantalones cortos y ajustados, aquellas piernas largas y bronceadas, aquel pelo largo y rubio meciéndose al ritmo de sus pasos.

Había hablado con él.

Ahora sabía su nombre y dónde vivía.

Jake sospechó que aquella noche tendría los mejores sueños de toda su vida.

De acuerdo, tal vez no fuera la mejor idea que hubiese tenido, se dijo Nick cuando estuvo de vuelta en su casa, a salvo de miradas codiciosas y lejos de la seductora y deliciosa Lily.

Puso una mueca e intentó borrar aquella imagen de su cabeza. No podía pensar en una vecina de aquella manera. Y menos con un chico en la casa que empezaba a albergar las fantasías sexuales propias de la adolescencia.

Intentó respirar con calma y pensar en otra cosa. Hacía mucho tiempo que no estaba con una mujer, pero las probabilidades de acostarse con Lily Tanner eran prácticamente nulas.

Audrey aceptaría encantada, si él la deseara. Pero por desgracia no le suscitaba el menor deseo. Lily, en cambio, estaba más allá de sus límites.

Estaba convencido de que nunca se había acostado con un hombre por el que no sintiera algo más que atracción sexual. Era demasiado dulce e inocente. No era su tipo.

Y sin embargo... Era una mujer preciosa, con su pelo rubio, su hermosa piel, su encantadora sonrisa y su carácter abierto y generoso. Parecía sincera en todos los aspectos. Sin engaños, fingimientos ni disimulos. Una mujer verdaderamente agradable y sorprendentemente atractiva.

Abrió la nevera y se sirvió un vaso de agua fría, pero no era tan sencillo aliviar el calor que lo abrasaba por dentro. No podía dejar de pensar en Lily. Parecía tan frágil y suave bajo sus manos, ligeramente temblorosa, con un tenue rubor en sus mejillas, y todo lo que él podía pensar era en devorarla allí mismo.

Tomó un largo trago de agua, pero no le sirvió de nada. Una a una, pensó en todas las mujeres que habían ido a verlo con comida, bebida e invitaciones tácitas de compañía. Podría pensar en alguna de ellas para matar el tiempo. Cualquiera de ellas que no tuviera reparos en acostarse con él. Pero, por más que intentaba evitarlo, volvía a mirar una y otra vez hacia la casa de Lily.

Tendría que permanecer lejos de ella. Tenía que ocuparse de Jake y de todos los trámites legales para resolver los problemas de la herencia, comprobar si los chicos tendrían dinero suficiente para acabar sus estudios y, si le quedaba tiempo, ocuparse también de su propia vida.

Demasiadas cosas. No tenía tiempo para fantasear con una mujer preciosa, dulce y encantadora.

Sí, tendría que mantenerse alejado de ella.

Tres días más tarde, Lily estaba intentando explicarle a Jake los aspectos más delicados del raspado y empapelado de las paredes de la cocina, cuando él empezó a preguntarle por Audrey Graham.

¿Qué sabía ella de la señora Graham? Lily frunció el ceño. ¿Audrey seguía acosando a Nick? ¿Incluso después de aquel... incidente? Sólo de recordarlo se estremeció de arriba abajo. Había sido una sensación incomparable, mucho más deliciosa que los dulces de azúcar.

—Tú la conoces, ¿verdad? —la acució Jake, mirándola extrañado.

Como si estuviera en las nubes.

—Sí —respondió con dificultad—. La conozco bien. ¿Está... molestando a tu tío?

Odiaba hacer aquella pregunta, pero le salió de un modo espontáneo e inocente. Bueno, no tan inocente... pero ya no podía hacer nada.

Jake pareció aún más desconcertado.

—No lo sé. Tal vez.

Lily volvió al empapelado, reprendiéndose a sí misma por la pregunta. No había visto a Audrey Graham merodeando por allí, pero eso no significaba que no hubiera pasado nada. Audrey era muy astuta y decidida.

Y entonces se le ocurrió que tal vez Jake sólo estuviera avisándola. Advirtiéndole que Audrey estaba viendo a Nick, sin que a éste le molestara. Tal vez incluso disfrutando con ella.

Tal vez había cambiado de opinión después del incidente en la puerta de su cocina.

Tal vez Audrey había hecho algo para hacerlo cambiar de opinión.

Lily puso una mueca, pero intentó recuperar la compostura antes de que Jake se diera cuenta.

No soportaba la idea de ver a Nick con Audrey Graham. Tener que verlos en la puerta de al lado. Oírlos. Saber que estaban juntos... Saber que le estaba acariciando el cuello con los labios.

No supo si ponerse a gritar o echarse a llorar.

—¿Estás bien? —le preguntó Jake.

—Por supuesto —mintió, esperando que la mentira fuera convincente.

—La señora Graham tiene una hija, ¿verdad? —dijo él mientras arrancaba el papel con fuerza, a pesar de los cuidados que demostraba Lily con el aparato de vapor.

—Sí —corroboró Lily. ¿Había malinterpretado por completo la conversación? ¿Estaba tan obsesionada con Nick Malone que se había precipitado en sus conclusiones?—. Creo que va al mismo instituto que tú.

Jake se puso colorado, y Lily no creyó que fuera por el calor que emanaba del aparato de vapor.

Y entonces lo entendió. Las Graham cautivaban a los hombres de todas las edades.

—Andie —dijo, haciendo girar los ojos—. ¿La conoces?

—Sí... bueno, no creo que ella se acuerde de mí, pero... la he visto por aquí.

Lily intentó recordar la última vez que había visto a Andie Graham, y si la chica seguía el estilo de su madre.

Por el bien de Jake, esperó que no fuera así.

—¿No es un poco mayor para ti, Jake? —preguntó. Jake le parecía un muchacho adorablemente torpe, y si Andie se parecía en algo a su madre, se lo zamparía de un solo bocado y luego escupiría los restos sin pensárselo dos veces. Y a Lily no le gustaría que le hicieran daño al pobre chico.

—Sólo es un año mayor —Lily asintió—. ¿Sabes... cómo... qué le gusta hacer? ¿Por dónde sale y esas cosas?

—Creo que la he visto algunas veces en el centro comercial —le dijo ella. Tuvo la impresión de que Jake se pasaría todo su tiempo libre en el centro comercial, esperando tropezarse con Andie, e intentó decepcionarlo suavemente—. Lo último que oí fue que tenía un novio que está en la universidad. Alguien que acabó el instituto el año pasado.

—Oh —murmuró Jake, completamente abatido.

Lily siguió rociando de vapor las paredes, y Jake manejaba la espátula con tanta fuerza que a ese paso acabaría abriendo un agujero en el yeso.

—Eh, ¿qué te parece si nos tomamos un descanso y preparo algo de comer? —sugirió ella.

—¿Comer? —repitió él, súbitamente animado.

—¿Qué te apetece? —le preguntó Lily, apagando el aparato de vapor y dirigiéndose hacia la nevera—. Vamos. Puedes elegir lo que quieras —si no podía tener a Andie Graham, al menos tendría una buena comida.

Rebuscaron en el interior de la nevera y Jake reparó en un plato de arroz con pollo que Lily había preparado el día anterior. Había comprado la cantidad suficiente para que el chico pudiera saciarse y para que también quedase un poco para Nick. Había descubierto que Nick y Jake vivían a base de comida para llevar y de las sobras que ella les llevaba, y decidió que le enseñaría a cocinar a Jake. De lo contrario, tal vez no sobrevivieran.

Jake estaba cortando el pollo, y Lily reuniendo los ingredientes, cuando las niñas irrumpieron en la cocina, discutiendo como siempre.

—¡No puedes! —decía Ginny, directa a la nevera.

—¡Sí puedo! —decía Brittany, frunciendo los labios en una mueca tan adorable que Lily no pudo evitar una carcajada. Gracias a esas muecas tan divertidas, sus llantos y quejidos no irritaban demasiado a su madre.

—¡No puedes! —gritó Ginny, colocándose entre la nevera abierta y su hermana.

—¡Sí puedo! —insistió Brittany, cruzándose de brazos y mirando furiosa a Ginny.

—¿Qué es lo que no puede ser? —preguntó Lily, haciendo callar a su hija mayor con la mirada. Una táctica que, por desgracia, cada vez surtía menos efecto.

—¡No puede tener un caballo por su cumpleaños! —dijo Ginny.

¿Un caballo? Se volvió hacia su hija menor, quien tenía los ojos llenos de lágrimas.

—Oh, cariño... ¿Un caballo?

Brittany asintió, esperanzada.

—Mattie Wright tuvo un caballo por su cumpleaños, y un traje especial para montarlo, y clases de equitación también.

—El padre de Mattie Wright es dueño de la mitad

del condado —dijo Lily—. Incluida esa granja a las afueras donde el caballo de Mattie puede vivir. Nosotros no tenemos sitio para un caballo. Sólo tenemos el jardín trasero.

—Podría vivir ahí —sugirió Brittany.

—Cariño, no hay espacio suficiente para un caballo.

—Podríamos tener un caballo pequeño. Un potro. No le haría falta mucho espacio.

Ginny se echó a reír.

—¿Un potro? Eres tonta. Los potros se hacen grandes, Britt. Todo el mundo lo sabe.

Brittany volvió a mirarla con furia y empezó a llorar.

Jake se apresuró a intervenir, intentando ayudar.

—¿Sabes, Brittany? Los caballos son muy grandes y pueden dar miedo. Uno de mis hermanos estaba montando una vez a caballo y se cayó al suelo. El caballo lo piso y le rompió la nariz.

Brittany lo miró con incredulidad.

—¿En serio?

—Tal vez sería mejor esperar a que fueras lo bastante grande para tener un caballo —miró a Lily para ver si se había equivocado con la sugerencia, pero ella asintió. Cualquier cosa que hiciera olvidarse a Brittany de tener un caballo ahora estaría bien—. ¿No hay nada más que te gustaría tener para tu cumpleaños?

—Bueno —la niña suspiró, como si renunciar al caballo fuera un gran sacrificio. Pero le gustaba mucho Jake y le dio una respuesta—. Estaba pensando en... una casa en un árbol —los ojos se le volvieron a iluminar, sustituyendo rápidamente la idea del caballo.

—¿Una casa en un árbol? —repitió Lily con el ceño fruncido.

—Sí —afirmó Brittany, como si fuera lo más fantástico del mundo.

—Oh. Genial.

—¿Sabes construir una casa en un árbol? —le preguntó Jake a su tío tres días después, mientras engullían la comida china que habían encargado para cenar.

—¿Quieres una casa en un árbol? —dijo Nick con una mueca.

—¡No! —exclamó Jake, contrariado—. Es para la hija de Lily, Brittany, la más pequeña. Su cumpleaños es la semana que viene. La oí hablar del tema con su madre mientras yo la ayudaba con el empapelado de la cocina.

—Oh.

Lily. Tenía que mantenerse alejado de Lily. Quizá necesitara un letrero de neón para recordarlo.

—Bueno, ¿sabes algo de casas en los árboles o no? —insistió Jake.

—La verdad es que no mucho. Tu madre y yo teníamos una cuando éramos niños, pero no era más que una plataforma en un árbol y una escalera de mano.

—¿Crees que yo podría construir una? —preguntó Jake, entre bocado y bocado de pollo al curry.

—¿Alguna vez has construido algo?

—No.

—Entonces no creo que debas empezar por una casa en un árbol. Eso es algo que hay que hacer bien, especialmente si son niñas pequeñas las que van a subir a ella a jugar.

—Eso es lo que dijo Lily —murmuró Jake con la boca medio llena—. Dijo que no confiaba en ella misma para hacer la casa y que fuera segura para Brittany. Lily sabe hacer muchas cosas, y está reformando la casa ella sola, pero supongo que la casa del árbol es otra historia.

—Sí —afirmó Nick. Tenía que alejarse de Lily. Alejarse, alejarse, alejarse...

—¿Podrías hacerla tú?

—No sé si es buena idea, Jake —dijo Nick, intentando pensar en alguna excusa.

—¿Por qué no? —preguntó Jake, sirviéndose en el plato lo que quedaba de arroz. Nick frunció el ceño—. ¿Quieres un poco? —le preguntó, ofreciéndole el plato.

—No, gracias. Sigue.

Tenía que encargar más comida la próxima vez, se dijo a sí mismo.

Más comida... y mantenerse alejado de Lily.

—No lo entiendo. ¿Por qué te parece una mala idea? —preguntó Jake.

—Tengo... mucho que hacer —dijo Nick—. Apenas nos hemos instalado en esta casa, y tengo que ocuparme de muchas cosas.

Era la mejor excusa que se le ocurría. Se preguntó si el muchacho podría ver a través de él y saber que sólo intentaba evitar a Lily. Pero Jake se limitó a mirarlo con extrañeza.

—La pobre cría ha pasado un año muy duro, ¿sabes? —le dijo—. Su padre las abandonó, y es su cumpleaños. Quería un caballo, pero Lily dijo que no era posible, y lo siguiente que quería era una casa en un árbol. Y... no sé, no quiero que esté triste en su cumpleaños. Ha perdido a su padre y... yo sólo intentaba ayudar.

Casi estaba llorando al acabar la frase, y Nick tuvo la sensación de que no sólo estaban hablando de la hija de Lily a la que había abandonado su padre. También estaban hablando de la muerte de los padres de

Jake, y deseando que hubiera un modo de hacerlo sentir mejor.

Si Nick supiera cómo, lo haría sin dudarlo. El muchacho no quería un caballo ni una casa en un árbol, pero estaba siendo muy considerado y generoso al pensar en la hija pequeña de Lily. Era un buen chico, de eso no había duda. Un buen chico con un corazón de oro.

Lo miró durante un largo rato. ¿Debería darle una palmadita en la espalda? ¿O hacer una de esas cosas propias de los hombres y golpearlo en el hombro? ¿O abrazarlo de verdad?

No lo sabía. No estaba seguro de nada, de modo que dijo lo primero que se le ocurrió.

—Es muy amable que quieras ayudar de esa manera, Jake. Tu madre estaría orgullosa de ti.

Jake levantó la cabeza bruscamente.

—¿Eso crees?

—Estoy convencido.

—Entonces, ¿me ayudarás con la casa del árbol? —le preguntó, sin dejarle escapatoria posible.

—Ya se nos ocurrirá algo —dijo Nick.

Tal vez podría echar una mano sin estar allí. Ayudar desde lejos de alguna manera. O tal vez Lily podría marcharse y ellos podrían construir la casa en paz.

Tenía que ser fuerte. No ceder a la debilidad. Y alejarse de su tentadora vecina.

Capítulo 5

UN fin de semana para ti sola, ¿eh? —dijo Marcy en tono sugerente al teléfono—. ¿Qué vas a hacer?

—Nada —respondió Lily mientras hacía el equipaje de las niñas, quienes se iban aquel fin de semana con su padre. Abrió el cajón de la ropa interior y agarró un puñado de calcetines para Brittany.

—Lily, no puedes quedarte ahí sentada a ver pasar la vida —declaró Marcy con vehemencia—. A veces hay que salir a su paso.

—Puede que vaya a la peluquería a arreglarme el pelo —dijo Lily.

Marcy suspiró exageradamente, como si fuera su deber ocuparse de la vida de su hermana.

—¡Me gusta que me arreglen el pelo! —exclamó Lily. Y era cierto. Le gustaba la tranquilidad de la peluquería, el masaje en el cuero cabelludo, el tacto de unos dedos profesionales en sus cabellos...

Fue su turno para soltar un suspiro.

—¿Qué ha sido eso? —preguntó Marcy.

—He sido yo, pensando en mi peinado.

—¿Tu peluquero es un hombre guapo y varonil, por casualidad?

Lily se echó a reír mientras se agachaba para buscar el otro zapato de Brittany bajo la cama.

—Ojalá —dijo. Sería delicioso que un hombre apuesto y soltero le arreglara el pelo.

Cerró los ojos y se vio a sí misma en el sillón de la peluquería, radiante de felicidad, viendo cómo él le sonreía en el espejo, sus manos grandes y fuertes entrelazadas en sus cabellos...

Volvió a suspirar y casi se le escapó un gemido. Su peluquero imaginario se inclinó hacia ella, se llevó un mechón a su rostro para olerlo y luego descendió sobre su cuello. Entonces ella miró al espejo y se dio cuenta de que era Nick...

—¡Ahhhh! —gritó, volviendo rápidamente a la realidad.

—Cielos... Debe de ser alguien increíble —comentó Marcy—. Si no me lo cuentas todo ahora mismo...

—Tengo que colgar —la interrumpió Lily. Una vez más, había estado soñando despierta con su guapo vecino y sus caricias en el cuello—. Ha llegado Richard.

—Escúpele de mi parte —dijo Marcy—. *Ciao*.

Lily dejó el teléfono, agarró las bolsas de las niñas y corrió escaleras abajo. Odiaba aquel ritual de la custodia compartida. Intentaba comportarse de un modo natural y cortés, y no dejarse arrastrar por los nervios o las emociones, pero le resultaba muy duro. Aún le costaba aceptar que Richard seguiría llevándose y devolviendo a sus hijas, entrometiéndose y trastocando sus vidas con penosa regularidad.

Las niñas estaban en el salón, jugando con el ordenador. Lily les gritó que su padre había llegado y llevó las bolsas a la puerta. Quería que todo acabara lo antes posible y luego encerrarse un rato, intentando no pensar en lo tranquila, silenciosa y triste que se había quedado la casa.

Salió con las bolsas en la mano y vio a Richard de pie en el camino de entrada, observando la casa como si intentara calcular su valor actual. Entonces miró a Lily y pareció sentirse incómodo. Sacó su teléfono móvil y fingió que leía un mensaje o algo así, seguramente para evitar hablar con ella. Entonces puso una extraña expresión, y Lily intentó recordar su atractivo rostro cuando le dijo con toda la frialdad del mundo que iba a dejarlas a ella y a las niñas. Intentó recordar que una bonita fachada no siempre albergaba buenos sentimientos, y que no podía dejarse engañar nunca más. La atracción por el físico desaparecía rápidamente, y luego apenas quedaba nada.

Respiró hondo e intentó acabar con todo aquello lo antes posible.

—Las niñas saldrán enseguida —dijo, hablando muy deprisa—. He revisado sus bolsas. Llevan todo lo necesario, incluidas algunas medicinas para el catarro de Ginny. No te preocupes. Tienen sabor a uva y se las tomará sin problemas. La dosis aparece en el frasco. Ginny pesa veinticuatro kilos y...

—Lily, espera.

—Brittany lleva su almohada en la bolsa. No se duerme sin ella, así que no te olvides de traerla el domingo...

—Lily, tengo que decirte que...

—Intenta que no se atiborren de azúcar cuando celebréis el cumpleaños de Brittany. Un trozo de tarta en un restaurante es más que suficiente...

—Lily, no puedo llevármelas este fin de semana.

Ella dejó de hablar y lo miró boquiabierta, sintiendo como empezaba a hervirle la sangre.

—¿Cómo que no puedes llevártelas?

—Es imposible. Ha surgido un imprevisto.

—¡Richard, es el cumpleaños de Brittany!

—Su cumpleaños es el próximo jueves. Me las llevaré para entonces. O el día antes.

—Dijiste que ibas a llevarla al zoo este fin de semana por su cumpleaños. Lo lleva esperando dos semanas.

Richard ni siquiera tuvo el detalle de parecer avergonzado.

—Lo siento. Tengo trabajo que hacer.

—¡Y tienes una hija que va a cumplir siete años! —espetó ella, fulminándolo con la mirada.

Jake estaba en casa, mirando al exterior en la puerta de la cocina, cuando Nick bajó a ver si quedaban sobras de la noche anterior.

—¿Qué estás mirando? —preguntó, agarrando un vaso con la esperanza de que también quedase algo para beber.

—Lily está discutiendo con su ex marido —respondió Jake.

Nick se giró y se acercó a la puerta. Lily estaba en el camino de entrada con un hombre cuyo traje debía de costar una fortuna. No estaban gritando y Nick no pudo oír por qué discutían, pero no le gustó la expresión de aquel tipo ni lo cerca que estaba de Lily.

—¿Estás seguro de que es su ex? —le preguntó a Jake.

—Sí. Tenía que llevarse a las niñas este fin de semana, pero parece que está escurriendo el bulto. Yo estaba entrando en casa cuando él apareció, y esperé para asegurarme de que Lily estaba bien.

—Bien hecho —lo alabó Nick, poniéndole una mano en el hombro—. Un hombre siempre tiene que proteger a una mujer. Algunas no lo reconocerán jamás, porque creen que son invencibles, pero no lo son. Y muchos hombres son unos auténticos sinvergüenzas. Ese tipo parece uno de ellos. ¿Qué más has oído?

—Él no quiere entrar y decírselo a las niñas en persona. Quiere que Lily lo haga en su lugar.

Aquello significaba que Nick tenía una oportunidad.

Tenía que mantenerse alejado de la tentación y dejar de preguntarse por qué aquel imbécil que vestía ropa cara había abandonado a Lily. Pero también tenía que hacer algo al respecto. No podía permitir que un hombre le hiciera daño a una mujer eludiendo sus responsabilidades como padre. Y seguro que podía enseñarle algunos modales a aquel cretino sin que lo distrajera el deseo de besar el cuello de Lily.

A pesar de todo, sabía que era mejor mantenerse lejos de ella, y además, Lily era una mujer independiente y capaz de valerse por sí misma. No le haría ninguna gracia que él se metiera en sus asuntos. Y menos en una discusión con su ex.

—Vamos a esperar un minuto a ver qué ocurre —dijo.

—¿Por qué? Ese tipo se merece que le paren los pies —protestó Jake.

El tipo en cuestión meneaba un dedo largo y huesudo bajo la nariz de Lily, y luego le dio un toque en el hombro con el mismo, como si intentara apartarla de él.

Nick no pudo soportarlo más.

—Tienes razón. No vamos a quedarnos aquí y dejar que se salga con la suya. Vamos. Ve a casa de Lily, avisa a las niñas y diles que salgan.

—¿Estás seguro? —preguntó Jake, dudando.

—Desde luego. Ese tipo tendrá que explicárselo a sus hijas él mismo, si tiene agallas.

—Pero...

—Vamos. Yo me ocuparé de él mientras tanto.

Y sería un placer hacerlo, pensó Nick. Un gran placer.

Lily no vio a Nick ni a Jake hasta que el muchacho pasó junto a ella y entró por la puerta de la cocina. Iba a preguntarle adónde iba cuando Nick apareció junto a ella y le deslizó un brazo alrededor del hombro, como si la saludara de aquella manera todos los días.

—Hola, Lily. ¿Va todo bien? —preguntó, dándole un beso en la sien.

Fue como si abarcara demasiado espacio, o como si hubiera agotado todo el aire a su alrededor, porque Richard se apresuró a retroceder tres pasos y escondió su raquítico dedo antes de que Lily pudiera apartarlo de un manotazo, lo que había querido hacer desde que la tocara en el hombro. Y luego pareció que Richard se encogía en sí mismo, haciéndose más pequeño y patético a cada segundo.

Lily se regodeó tanto con la cobardía de Richard, que olvidó que debía ocuparse ella sola de aquel asunto, gritando hasta desgañitarse o quizá arrojando algo al impecable traje de su ex marido. Recordó que durante mucho tiempo nadie la había ayudado en nada, y que estaba cansada, frustrada y exhausta. Y decidió que podría besar a Nick Malone allí mismo y deleitarse tanto con el beso como con la reacción de Richard.

Pero resistió el impulso y se limitó a sonreírle a Nick.

—Sólo es una diferencia de opiniones entre Richard y yo. Dice que no puede llevarse a las niñas este fin de semana, cuando ya tienen hecho el equipaje y están listas para marcharse.

—Oh —dijo Nick, como si también formara parte de la discusión—. Debe de ser algo muy importante para que un hombre no pueda estar con sus hijas. Especialmente este fin de semana.

Finalmente Richard salió de su estupor.

—¿Se puede saber quién es usted?

—Nick Malone, el nuevo vecino de Lily —se identificó a sí mismo como un vecino, pero la forma en que la abrazaba por el hombro insinuaba algo muy distinto.

Richard frunció el ceño, confuso y desconcertado.

—No me dijiste que estabas saliendo con alguien, Lily.

—Bueno, no creí que te importara, Richard —respondió Lily en el tono más dulce que pudo, apretándose contra un hombre espectacular junto al que su ex parecía un crío insignificante.

El desconcierto de Richard creció aún más, como si no pudiera creerse que otro hombre se sintiera atraído por Lily. O quizá aquel hombre en particular.

Lily tuvo que refrenarse para no destrozarle su blanca y reluciente dentadura de cuatro mil dólares.

En ese momento se abrió la puerta tras ellos y salieron las niñas. Nick soltó a Lily y se apartó unos pasos. Brittany le dio un fuerte abrazo a su padre y le dedicó una sonrisa encantadora, pero Ginny permaneció dubitativa. Desde que su padre se marchó, se mostraba muy desconfiada cuando estaba con él.

Brittany empezó a hablar de la visita al zoo que les había prometido su padre, y Lily quiso estrangular a Richard, quien a su vez parecía querer estrangular a Jake o a Nick. Nick lo había obligado a enfrentarse a sus hijas antes de esfumarse, pero aun así iba a ser muy doloroso para las niñas, y Lily no sabía cómo aceptar la decisión que Nick había tomado por sí mismo.

Se dispuso a intentar explicarlo todo, pero Nick le puso la mano en el trasero y se inclinó hacia ella para susurrarle al oído.

—Él tiene que afrontar lo que les está haciendo, Lily.

Richard empezó a farfullar una explicación, y Lily tuvo que reprimir su ira. No había estado segura de que pudiera romper las ilusiones de sus hijas en persona, pero al parecer no tenía ningún problema en hacerlo. ¿Cómo se podía ser tan mezquino?

Ginny no pareció en absoluto sorprendida, pero Brittany empezó a protestar.

—¡Me lo prometiste! —gritó, con los ojos llenos de lágrimas.

Richard intentó explicarse de nuevo y miró a Lily en busca de ayuda.

Pero esa vez fue Nick quien intervino.

—Lily —dijo, pero mirando a la pobre Brittany—. Tal vez sea mejor que las niñas se queden aquí este fin de semana. Ya sé que querías que fuera una sorpresa, pero la casa en el árbol va a ser el regalo de Brittany y así podrá diseñarla ella misma e incluso ayudarnos a construirla, si quiere. Será divertido.

—¿Qué? —preguntó Brittany, abriendo los ojos como platos al oír la palabra «regalo».

—¿Vas a hacer la casa en el árbol para mi hija como regalo de cumpleaños? —preguntó Richard. De repente, Brittany volvía a ser su hija.

Genial, pensó Lily. Sencillamente genial. Richard ni siquiera recordaba lo que su propia hija quería para su cumpleaños, aunque ella se lo había dicho. Sin embargo, parecía que Nick sí lo sabía. Seguramente se lo había dicho Jake.

—Sí. La haremos este fin de semana —dijo Nick, como si estuviera impaciente por empezar—. Esta noche haremos los planos, iremos a comprar los materiales y empezaremos a construir mañana por la mañana. ¿Qué te parece, Brittany?

—¿Jake y tú vais a hacerme la casa del árbol? —preguntó la niña, sorbiendo y secándose las lágrimas.

—Ésa es la idea. Iba a ser una sorpresa, pero quizá sea mejor así. Y como vas a quedarte aquí —añadió, lanzándole una mirada a Richard que lo hizo encogerse aún más—, puedes decirnos lo que quieres y elegir los colores y todo lo demás.

Lily vio cómo la expresión de su hija pasaba de la tristeza más absoluta a la alegría y la excitación. Ginny parecía aliviada y Jake extremadamente satisfecho.

—Yo quiero ayudar —le dijo Brittany a Nick.

—Pues claro. Vamos al jardín a elegir un árbol para la casa.

Tomó a Brittany de la mano y la llevó hacia el jardín, seguidos por Ginny y Jake.

Lily le sonrió a Richard.

—Bueno, supongo que te veremos... cuando sea.

Richard parecía haberse quedado fuera de juego por completo.

—¡Éste es mi fin de semana con ellas! —gritó.

—Sí, pero no puedes llevártelas, Richard.

—¿Y quién es ese hombre, exactamente?

—Ya te lo ha dicho. Es nuestro nuevo vecino. ¿No te parece maravilloso? —se dio la vuelta sin darle oportunidad para responder y se alejó, dejándolo rabiando de furia.

Cuando llegó al jardín, Nick ya estaba impartiendo órdenes al equipo recién organizado.

Brittany fue a su habitación en busca de un libro

con un dibujo de la casa que quería. Ginny fue a la cocina a por la cinta métrica, y Jake fue a su casa a por una escalera de mano.

Por su parte, Nick se quedó apoyado en el árbol más grande del jardín, esperando.

—¿Estás enfadada conmigo? —le preguntó a Lily, inseguro por lo que acababa de hacer.

Ella lo pensó un momento antes de responder.

—No, la verdad es que no.

—¿Estás segura?

—Pero, Nick, ¿por qué habría de enfadarme?

—Porque he metido las narices en algo que no me concernía —dijo él—. He hecho creer a tu ex que había algo entre nosotros, cuando no hay nada. He hecho que se enfrente a las niñas antes de evadir su responsabilidad, lo cual no era asunto mío. Y luego le he prometido a tu hija que le construiría una casa en un árbol, sin saber si estás de acuerdo.

—Sí... has hecho todo eso —corroboró Lily, asintiendo.

—Diría que tienes todo el derecho del mundo a estar enfadada conmigo —parecía un poco avergonzado—. Sólo quiero que sepas que me habría mantenido al margen si él no te hubiera empujado con el dedo. Además, no hemos llegado a las manos ni nada por el estilo. Aunque, desde mi punto de vista, se merecía la lección que acaba de recibir.

—Está bien —dijo ella—. Pero podría haberme ocupado yo sola.

—No he dicho que no pudieras, Lily. Sólo pensé que... no tenías por qué hacerlo.

—Es mi ex. Una vez estuve lo bastante loca para confiar en él, casarme con él y tener hijas con él. Eso significa que tengo que tratar con él —arguyó. No quería pensar en lo que suponía tener a otro hombre que se atribuyera el derecho de protegerla de todo y de todos. En esos momentos tenía otras preocupaciones más acuciantes.

—De acuerdo. Lo siento —se disculpó Nick—. Pero me cuesta permanecer de brazos cruzados cuando un hombre está abusando de una mujer.

A Lily no le parecía que Richard hubiera estado abusando de ella, pero lo dejó pasar.

—Dime que no vuelva a intervenir nunca más y no lo haré —dijo él—. A menos que vea cómo te pone las manos encima de un modo que no me guste, porque en ese caso no podré contenerme, por mucho que te enfades conmigo.

—Bueno, si eso es todo lo razonable que puedes llegar a ser...

Él dejó escapar una prolongada exhalación.

—Tal vez podríamos establecer una señal o algo así. Una señal para que no intervenga, y otra que me permita hacer lo que quiera con él.

—Eso está mejor —dijo ella, riendo—. ¿A qué me dijiste que te dedicabas, Nick?

—No creo habértelo dicho.

—¿Mamá? —Ginny se acercaba corriendo, con una cinta métrica en la mano—. ¿Es esto lo que necesitáis Nick y tú?

—Sí, cariño, esto es —tomó la cinta y la niña se volvió hacia Nick.

—He olvidado el lápiz y el papel. Ahora vuelvo —y echó a correr hacia la casa antes de que Lily pudiera detenerla. Todo porque un hombre se había hecho con el control y había empezado a repartir órdenes.

—A ver si lo adivino... —dijo, mirando a Nick—. ¿Policía?

—Estuve en el ejército —admitió él—. Pero luego entré en el FBI.

—Oh —era más peligroso de lo que pensaba, pero debería haberlo supuesto por la fuerza y la autoridad que desprendía.

—Ahora estoy de permiso, por Jake —explicó—. Pero he estado trabajando tres años en Washington D.C., buscando personas desaparecidas. Hay mucha gente peligrosa en este mundo, Lily.

—Richard es agente de seguros. No creo que sean muy peligrosos.

—Nunca se sabe. Personas a las que nunca te imaginarías actuando con violencia pueden perder los estribos en situaciones extremas, sobre todo si hay sentimientos por medio... como en un divorcio. Y entonces pueden hacer cosas que jamás creerías posibles.

—Entonces estamos a salvo, porque lo único que Richard siente por mí o por las chicas es desprecio —replicó ella, y enseguida se arrepintió de sus palabras. Era muy doloroso admitir algo así—. Maldita sea... —gimió, como si hubiera recibido un puñetazo en el estómago.

Le sucedía a menudo. Podía vivir su vida y cuidar de sus hijas, pensando que todo iba bien, hasta que algún recuerdo la asaltaba de repente, pillándola completamente desprevenida.

Miró exasperada a Nick y luego le dio la espalda, deseando que se la tragara la tierra.

Capítulo 6

LE dio unos momentos para recomponerse, lo que ella agradeció enormemente. Se apoyó en el árbol e intentó recuperar la respiración.

Se suponía que era una mujer fuerte y segura. Y sin embargo allí estaba, deshaciéndose en lágrimas porque a su ex le importaban un bledo sus propias hijas.

—¿Estás bien? —le preguntó Nick, rodeándole los hombros con un brazo.

Lily también se rebeló contra la sensación que le provocaba. Nadie la habría abrazado en mucho tiempo, y era delicioso sentir la reconfortante presencia de un hombre adulto y fuerte que no necesitaba los cuidados de nadie. Más bien al contrario, un hombre que parecía querer cuidar de ella.

La idea era irresistiblemente tentadora. Un hombre que la cuidara, para variar.

—Puedes llorar si lo deseas —le dijo él—. No me gustan las lágrimas, pero soy un hombre duro y las podré soportar. Vamos.

Lily se echó a reír entre sollozos y le pareció que podría controlarlas.

—¿No eres uno de esos hombres que se anulan al ver llorar a una mujer?

—¿Qué clase de hombre sería si hiciera algo así? —replicó él, apretándola contra su costado.

Muy bien, pensó Lily. Podía quedarse así un momento... Se acurrucó contra él, sintiendo la dureza de sus músculos y respirando la tranquilidad que le ofrecía en su particular tormenta emocional. Era como si algo en el interior de ella la acercara cada vez más a Nick.

—Lo siento, Lily —dijo él, apretándola suavemente y rozándole la frente con su barbilla, su nariz y sus labios.

Lily hizo un esfuerzo y consiguió apartarse... por lo mucho que deseaba quedarse en sus brazos.

—No es nada... Es sólo que a veces me siento mal por pensar en todo lo que ha pasado.

—Lo siento, Lily. De verdad que lo siento. Sobre todo si he empeorado las cosas por haberme entrometido —dijo, demasiado cerca para la tranquilidad de Lily.

En cierto sentido, estaba agradecida por la manera con que Nick se había hecho cargo de la situación. Por hacerle ver a Richard que ella tenía a un hombre guapo y fuerte a su lado. Y también apreciaba que Nick se hubiera apartado en cuanto oyó acercarse a las niñas.

Pero todo era pura actuación, y tenía que seguir siéndolo. Porque era muy peligroso depender de alguien que no fuera ella misma. Había aprendido esa lección con Richard. Una mujer no podía confiar en las promesas de ningún hombre. Nick era encantador, pero un hombre, al fin y al cabo.

—Ésta no es tu lucha, Nick —dijo, retrocediendo un paso más.

—Lo sé. Y no volveré a intervenir a menos que tú me lo pidas. Te lo prometo.

—De acuerdo —aceptó ella—. Tú no tienes que decidir si les digo a mis hijas que su padre es un cretino o si hago que lo descubran por sí mismas.

—Sí, lo sé. Pensé que no sería capaz de mirarlas a los ojos y romper su promesa, y luego pensé que, si realmente iba a hacerlo, al menos debería dar la cara.

—Se lo tenía merecido, sí, pero no sé si es lo mejor para mis hijas en estos momentos. Y en cualquier caso, es decisión mía.

—Tienes razón. Lo siento, Lily. Tu ex me hizo enfadar y no pude contenerme.

—Bienvenido al club.

En ese momento, Jake los llamó desde el camino de entrada.

—¿Querías ésta? —le preguntó a Nick, portando una pequeña escalera.

—No, la mayor —le respondió Nick, y Jake volvió a desaparecer—. Bueno, parece que tendré que compensarte de alguna manera. Y Jake y yo tenemos que hacer una casa en el árbol para tu hija.

—No, de eso nada.

—Claro que sí. Se lo he prometido... Oh, demonios... ni siquiera sé si tú estás de acuerdo.

—No me importa que tenga una casa en un árbol, pero no me veía capaz de construírsela yo misma.

Él se encogió de hombros y esbozó una ligera sonrisa.

—Será la manera de compensarte. ¿Qué te parece? Podríamos diseñarla todos juntos. Tú, Jake, las niñas y yo.

—Seguro que tienes cosas mejores que hacer que construir una casa en un árbol.

Él sacudió la cabeza.

—Bueno, podría empezar a ocuparme del papeleo por la herencia de mi hermana. Calcular cuánto dinero queda para los chicos y confiar en que tengan bastante para acabar sus estudios. Podría empezar a acostumbrarme a la idea de que lo único que queda de mi hermana y mi cuñado es una casa lena de trastos, alguna que otra cuenta bancaria, facturas que pagar, formularios que rellenar y tres chicos... Créeme, prefiero construir una casa en un árbol para una niña.

—De acuerdo, pero tienes que dejar que os pague a ti y a Jake.

—Ni hablar. No voy a aceptar dinero de ti por construir una casa en un árbol. Especialmente cuando fui yo quien le prometió a tu hija que tendría una.

—Te pagaré por tu tiempo —insistió Lily.

—¿Qué tal si me pagas con comida casera? Jake y yo llevamos tres noches cenando comida para llevar.

Lily sabía que Jake estaría encantado, y ella sólo tendría que hacer el doble de cantidad de lo que preparase para ella y las niñas.

—Trato hecho.

Lily no se había imaginado en lo que se estaba metiendo.

Su hija quería una mansión en lo alto del árbol. De color rosa y lavanda, con un alero en el tejado y un balcón.

—¿Un balcón? —le susurró Nick a Lily, mientras miraban los tonos de lavanda en la tienda.

—Para que pueda hacer de princesa —explicó ella—. Las niñas pequeñas pasan por una fase en la que quieren ser princesas en un balcón, esperando al príncipe que les pida su mano desde abajo.

Jake se apartó de los estantes de pintura y se acercó a ellos.

—Estás bromeando, ¿verdad?

—Ojalá lo estuviera —admitió Lily.

—Pero... la mayoría de las casas no tienen balcones, ¿verdad? ¿Cómo va a declararse un hombre, si la chica no tiene un balcón para asomarse? —confuso, se volvió hacia Nick—. Tú nunca te declaraste bajo un balcón, ¿verdad?

—Nunca.

El chico expulsó un resoplido de alivio. En ese momento regresó Brittany, con una tira de pintura de un horrible color morado.

—Me gusta éste.

—Bueno... es un color muy interesante —dijo él. Tomó la tira y bajo dos tonos—. Pero ya has elegido un color muy brillante para el alero. Creo que tu madre, como decoradora, te dirá que los colores combinan mejor si contrastan entre ellos.

—¿Si contestan? —preguntó Brittany—. ¿Los colores contestan?

—No, «contestan» no. Contrastan. Es como... ser diferentes los unos de los otros —intentó explicarse—. Una manera de que sean distintos es juntar un color brillante con otro más suave. De modo que, si elegimos el rosa brillante, como éste, deberíamos elegir un morado más suave, como éste —juntó el rosa brillante de Brittany a un lavanda que era casi blanco—. ¿Ves lo bien que combinan?

—Sí —la niña frunció el ceño y volvió al color inicial—. Pero me gusta más éste.

—Bueno, puede que necesitemos un segundo color, así que también podemos llevarnos éste.

—Está bien —aceptó Brittany, animándose otra vez.

Jake murmuró algo sobre los extraños gustos de las chicas y comentó que volvía a tener hambre. Brittany corría de un lado para otro de la tienda. Ginny miraba con desconfianza a su madre y a Nick, como si se estuviera preguntando qué había entre ellos. Nick no entendía los balcones ni los colores de las princesas, pero se había comprometido a construir una casa en el árbol.

En cuanto a Lily, estaba pensando estúpidamente que Nick era encantador con sus hijas, mucho más paciente que su ex, y también con Jake. Tenía que reconocer que se estaba divirtiendo en la tienda, comprando los materiales para el proyecto, y deseando pasar el fin de semana construyendo todos juntos la casa de Brittany.

¿Estaría llegando al punto de querer a otro hombre en su vida y en la vida de sus hijas?

«No me hagas esto, Nick», pensó, un poco desesperada. «No lo hagas».

Pero él siguió haciéndolo. Ganándose la confianza de sus hijas, educando a Jake con una mezcla de firmeza y flexibilidad digna de admiración, y comportándose como si todos juntos pudieran formar una familia y la historia tuviera un final feliz. Como si su matrimonio con Richard no fuera más que un mal recuerdo que casi se había desvanecido por completo...

Reemplazado por un incontenible antojo de dulces.

Por mucho que lo intentara, fue imposible ocultarle a su hermana la construcción de la casa del árbol, porque Brittany no dejó de hablar de ello durante todo el fin de semana, y a la niña le encantaba responder al teléfono.

El sábado por la mañana, Lily se encontró a Brittany pegada al teléfono, hablándole a Marcy de la fantástica casa que le estaban haciendo los fantásticos constructores, Nick y Jake.

Marcy debió de saltarse todos los límites de velocidad para ir a ver por sí misma a esos fantásticos constructores, porque en un abrir y cerrar de ojos se había presentado en el jardín trasero. Stacey, la hija menor de Marcy y que tenía un año más que Brittany, reía y bailaba a los pies del árbol mientras Brittany le hablaba de su palacio particular.

Nick estaba transportando unos tablones desde el camino de entrada al jardín trasero, sin camiseta y con los músculos empapados de sudor. Afortunadamente estaba de espaldas a Marcy, quien se había quedado boquiabierta al borde del camino.

—¿Quién es ése? —preguntó cuando consiguió articular palabra.

—Mi nuevo vecino —respondió Lily, colocándose entre Nick y Marcy para tener unas palabras con ella, antes de que su hermana mayor se dirigiera a Nick por sí misma.

Marcy se quedó aún más boquiabierta.

—¿Ese... hombre... vive en la casa de al lado?

Lily asintió.

—¿Y por qué no me lo habías dicho? —la acusó Marcy, prácticamente gritando.

Nick giró la cabeza, junto con las tablas. Sus músculos se tensaron por el esfuerzo, haciendo que a Lily le temblaran las rodillas. Marcy debía de estar babeando, pero Lily no se fijó. Le hizo un gesto a Nick con la mano para indicarle que no pasaba nada y que siguiera su camino, porque de ese modo se alejaría lo suficiente de Marcy... al menos de momento.

—Por favor —le suplicó a su hermana—. Te lo

ruego, Marcy... no hagas que me avergüence. Por favor.

—¡Es el Hombre Dulce! —exclamó—. La razón por la que estabas tan rara el otro día al teléfono...

—Sí.

—Cuando creías tener fiebre... ¡lo estabas mirando!

—Sí, así es. Muy bien, y ahora que lo sabes... ¿sería posible no hablar de esto delante de él?

Marcy soltó un bufido de indignación, como si tuviera razones para estar ofendida.

—Y me hiciste creer que era tu peluquero y que este fin de semana no ibas a hacer otra cosa que arreglarte el pelo, cuando tienes a este... hombre en tu jardín, semidesnudo y con la piel sudorosa... Oh, Dios mío. Los hombres pierden su atractivo físico al llegar a cierta edad, ¿sabes? Igual que nos pasa a nosotras. Ya no podríamos parar el tráfico como cuando éramos jóvenes...

—Puede que tú parases el tráfico, pero yo jamás lo hice —dijo Lily.

—No voy a discutir contigo por eso, ya que nunca te has visto a ti misma como realmente eres. Lo que estoy diciendo es que es una auténtica lástima que los hombres se echen a perder, porque es una delicia mirar a tu alrededor y encontrarte con hombres así...

—Seguro que miras lo suficiente para saberlo.

—Me gusta mirar, ¿y qué? No es ningún crimen. No toco ni ofendo a nadie. Pero a un hombre como ése es imposible no mirarlo... Y eso es lo que tú has estado haciendo y ocultándome.

—Tienes razón. Y si no te lo dije fue porque...

—¡Mira, mamá! —gritó Stacey—. ¡Es una casa para una princesa!

—Lo sé, cariño —dijo Marcy, pero su mirada se

desvió una vez más hacia Nick, que estaba inclinado sobre una tabla, con su perfecto trasero enfundado en unos vaqueros viejos.

—¡Mamá! —la llamó Stacey, impaciente.

—¿Qué? —preguntó Marcy, saliendo de su ensoñación—. ¿Qué dices, cariño?

—He dicho que yo también quiero una. ¿Puedo tener una?

—Ya lo veremos, Stace —se giró hacia Marcy mientras se abanicaba con las manos—. ¿Se dedica a la construcción? No creo que pudiera tenerlo trabajando en mi jardín... Violaría mi regla sagrada de no tocar, y sería una situación muy embarazosa, porque quiero de verdad a mi marido.

—Ya lo sé. Y no te preocupes. Nick sólo nos está haciendo un favor. No se dedica a la construcción. Es un agente del FBI.

—Este hombre mejora por momentos... —dijo Marcy, suspirando otra vez.

Era lo último que Lily necesitaba oír o pensar, porque ella sentía lo mismo. Cuanto más veía y sabía de Nick, más le gustaba.

—¿Por qué no me contaste nada? —exigió saber Marcy.

—Porque no sabía qué opinión me merece todo esto, y...

—¿No sabes qué opinión te merece tener a ese hombre tan macizo viviendo en la puerta de al lado? Lily, ¿has perdido el juicio o qué?

—No. Estoy segura de que pienso lo mismo que pensaría cualquier mujer con un vecino así.

—Y espero que sean pensamientos impúdicamente atrevidos.

—Sí, Marcy, lo son —admitió, poniéndose colorada—. Muy atrevidos.

Marcy esbozó una sonrisa de satisfacción.

—Supongo que está soltero.

—Sí.

El gemido de Marcy fue casi orgásmico. Lily enterró la cara en las manos.

—Oh, cariño —dijo Marcy—. Creo que este hombre es tu recompensa por todo lo que has sufrido con ese cerdo de Richard.

—¿Mi recompensa?

—Sí. ¿No crees que el universo nos envía pequeños regalos de vez en cuando? Lo has pasado muy mal y has trabajado muy duro por el bien de tus hijas. Has sido y eres una gran madre, pero sigues siendo una mujer, y esta hermosa criatura es tu recompensa.

Lily nunca había sabido que el universo ofreciera una recompensa semejante, ni se había imaginado que le cayera un hombre del cielo para satisfacer sus deseos femeninos.

Se veía a sí misma como una mujer afortunada, a pesar de su desastroso matrimonio con Richard. Tenía unas niñas maravillosas y un trabajo que le gustaba, y todas disfrutaban de buena salud. ¿Por qué el destino le enviaba a un hombre como Nick?

—Marcy, el mundo no funciona así.

—Claro que sí. Él está aquí, ¿no? Y parece ser el perfecto... Hombre Dulce.

—¿Alguien ha dicho algo sobre dulces? —preguntó una voz masculina.

Marcy y Lily se giraron al mismo tiempo y vieron a Jake, una versión más joven y delgada de su tío, que volvía de su garaje con una sierra mecánica en la mano.

—¿Vas a hacer más dulces, Lily? —preguntó, esperanzado.

—Eh... claro. Lo haré si tengo todo lo necesario.

—Lily hace unos dulces de muerte —dijo Jake con una amplia sonrisa.

—¿Ya le has hecho dulces? —preguntó Marcy, echándole una mirada cómplice a Lily.

—Para Nick y para su sobrino, Jake, como regalo de bienvenida... —explicó, antes de hacer las presentaciones pertinentes—. Jake, creo que tu tío necesita la sierra —se apresuró a añadir, antes de que Marcy pudiera sonsacarle más información al chico.

—Oh, claro —dijo él, asintiéndole a Marcy—. Encantado de conocerla, señora.

—¿Señora? —repitió ella tristemente—. Oh, no. Ya soy una señora para los chicos guapos...

—Pobrecita... No creo que debas hablar más con Jake.

—Tengo que intentar averiguar más cosas, y tú no vas a contarme nada...

—Te puedo contar que sus padres murieron en un accidente de coche hace dos meses, y que ahora está viviendo con su tío. Así que intenta no preguntarle nada sobre el tema, ¿de acuerdo?

—Oh, pobre... Y qué bien que ese hombre tan maravilloso se haya hecho cargo de él —dijo Marcy, mostrando un nuevo interés hacia Nick —Lily soltó un gemido—. ¿Qué? No sólo está para comérselo. Es un hombre amable, responsable, le gustan los niños...

—Ya está bien, Marcy.

—¿Sabes lo raro que es encontrar todas esas cualidades en un solo hombre?

—Sé que no hace ni un año que mi ex marido se marchó, y no tenía todas esas cualidades. Ni siquiera estoy segura de que algún hombre las tenga.

—Oh, cariño —Marcy suspiró y le rodeó la cintura con un brazo—. Vamos a tener que hacer algo, porque un hombre como éste no aparece todos los días. Tienes que cazarlo antes de que lo haga cualquier otra.

—No soy una cazadora de hombres —insistió Lily, viendo cómo Nick se dirigía hacia ellas después de haber terminado con la madera.

—Bueno, pues ya es hora de que lo seas —dijo Marcy.

Lily le lanzó una mirada de advertencia e intentó recuperar la compostura mientras se giraba.

—Nick, ésta es mi hermana, Marcy, y esa niña pequeña es su hija menor, Stacy. Marcy, éste es Nick.

Nick le estrechó la mano a Marcy, quien tuvo que hacer un esfuerzo para no derretirse a sus pies.

—Hola —lo saludó con una voz más propia de una adolescente enamorada—. Me alegro mucho de que Lily tenga a un hombre como vecino...

Pronunció la palabra «hombre» como si se refiriera a una especie de dios griego.

Sólo porque aquel hombre tenía unos cuantos músculos y un buen bronceado. Lily intentó restarle importancia y se repitió que ella no era una cazadora de hombres. Nunca lo había sido y nunca lo sería. Además, la competencia por conseguirlo debía de ser feroz.

Y sin embargo, era mucho más que unos músculos y un bronceado... Era un hombre bueno y generoso. Le estaba construyendo una casa a su hija, y las había apoyado con Richard. Y olía maravillosamente bien...

Guapo, varonil, mañoso, sensual, encantador con los niños... Marcy tenía razón.

Un hombre así no aparecía todos los días.

Capítulo 7

AL día siguiente a la misma hora, Nick estaba recostado en una silla de madera en el jardín de Lily, después de haber completado la pieza central de la casa en el árbol.

Le dolían los músculos que no había usado en mucho tiempo, pero era muy agradable estar allí sentado, con una temperatura suave, a la luz de la luna llena.

Las niñas jugaban alegremente en la casa del árbol. Jake se había ido a su habitación a jugar con la videoconsola. Y Lily había preparado chuletas a la parrilla para cenar.

Unos minutos después apareció en el jardín con dos cervezas heladas para Nick, y él decidió que su vida no podía estar más completa en esos momentos.

—Lily —dijo, suspirando de felicidad—, tengo que admitir que sabes cómo tratar a un hombre. Tu ex debía de ser idiota para no apreciarlo.

Ella se echó a reír y se sentó junto a él con una copa de vino.

—Sólo te he dado de comer y te he traído un par de cervezas.

—Me has dado de comer extremadamente bien.

—No fue más que una chuleta a la parrilla.

—Sí. ¿Qué más podría querer un hombre? Carne roja con patatas y cerveza helada y ya somos felices. Además, la carne estaba deliciosa. ¿Cómo la hiciste?

—La tuve en salsa teriyaki por una hora y luego la asé en la parrilla. Seguro que tú también puedes hacerlo.

—No me saldría igual.

—¿Quieres decir que eres un completo inútil en la cocina?

—Sí —admitió él.

—¿Y cómo has sobrevivido todos estos años?

—Gracias a la comida para llevar y los platos precocinados.

—¿Las mujeres no se compadecen de ti y te dan de comer?

—No ha habido tantas mujeres —le dijo él, tomando un trago de cerveza.

—Me cuesta creerlo —repuso ella—. Sobre todo después de la bienvenida que te dieron las vecinas.

—Te olvidas de que nunca he vivido en un barrio como éste.

—Sí, pero...

¿De verdad quería saber más sobre él y sobre las mujeres que había conocido? Nick pensó que debería contárselo, sólo para hacerle saber dónde se estaba metiendo.

En caso de que estuviese pensando en tener algo con él...

—Me he pasado casi toda la vida en el ejército, destinado por todo el mundo. No es la clase de vida que facilite las relaciones estables.

—No parece que te desagrade mucho viajar por el mundo.

—¿Y por qué habría de desagradarme? ¿Nunca has deseado olvidarte de todo y pasarte la vida viajando de un lado para otro?

—De vez en cuando, tal vez. Me encantaría ir a Roma y Florencia un par de semanas. Pero no para pasar allí toda mi vida.

—A mí me encantaba —admitió él.

—¿Y qué pasó? ¿Por qué dejaste de hacerlo? ¿Viste todo lo que había que ver?

—Tal vez.

—¿No encontraste lo que estabas buscando?

—Eso era lo que me decía mi hermana. Nunca le dije que tenía razón. No sé... Estaba listo para un cambio, y me gustó asentarme en Washington a trabajar con los federales, pues así tenía más tiempo para ver a mi hermana y a los chicos. Ahora que se ha ido, me alegra que disfrutáramos de aquel tiempo. Nunca entendí cómo consiguió estar casada con el mismo hombre durante veintitrés años... pero era una mujer feliz. Amaba a su marido y sus chicos son geniales.

—¿Y ella creía que tu vida tenía que ser más parecida a la suya?

—¿Tu hermana piensa lo mismo? —preguntó él—. ¿Cree saberlo todo, y conocerte mejor que nadie?

—Ya has conocido a mi hermana. ¿Qué te parece?

—Es... interesante.

—Entrometida, mandona, cotilla... —añadió Lily—. La quiero mucho, pero a veces me gustaría bloquear sus llamadas, si no fuera porque se presentaría en mi casa a los cinco minutos para que le contara lo que pasa con mi vida.

—Annie era más discreta y sutil que tu hermana, pero te hacía ver que no estabas haciendo lo correcto con tu vida. Ella esperaba que yo... no sé. Estaba segura de que me cansaría de vagar por el mundo algún día, y supongo que al final me cansé. Pero ella seguía esperando que... no sé. Algo diferente. Algo más... Y siempre estaba buscándome pareja.

Lily se echó a reír.

—¿No aprobaba tus elecciones?

—No —respondió él, y se quedó pensativo un momento—. No me malinterpretes. Me gustan las mujeres. Pero pueden ser muy problemáticas...

Lily volvió a reírse.

—Tal vez nunca haya encontrado a una por la que merezca la pena el esfuerzo.

—Oooh —dijo Lily, poniendo una mueca.

—Sí, ya sé que parezco un estúpido engreído. No quería decirlo así. Nunca... nunca he conocido a una mujer sin la cual no pueda vivir. Nunca he conocido a una mujer a la que necesite desesperadamente. Y no sé si alguna vez la encontraré —se encogió de hombros—. Algunas personas no pueden sentir esa clase de conexión. ¿La sentiste tú con tu marido? ¿Sentías que era el único hombre para ti?

—Al principio creí que lo era, pero... quizá sólo quería sentir eso por alguien, y entonces apareció Richard, en el lugar y momento adecuados... No sé cómo pasó.

—Debías de ser muy joven —observó él.

Lily asintió.

—Nos conocimos en la universidad y nos casamos justo después de graduarnos. Llevábamos diez años juntos cuando se marchó.

¿Habría sido el único hombre en su vida?, se preguntó Nick. ¿Y en su cama?

Era una posibilidad peligrosamente tentadora. Si aquel hombre siempre había sido tan egoísta y estúpido, no podía haber sido un amante especialmente atento.

Y si así fuera, él podría demostrarle a Lily lo que era tener a un hombre de verdad en la cama.

Siempre que se abandonara al deseo que lo invadía.

¿Sería dulce y tímida? Prácticamente se había derretido en sus brazos cuando él le acarició el cuello con su aliento.

Y entonces se preguntó por qué tenía que seguir luchando contra aquel deseo tan fuerte.

Ella estaba allí. Él estaba allí. Y era obvio que existía una atracción entre ellos.

Sólo tenía que encontrar la manera de pedir lo que tanto deseaba.

Nick estaba tramando algo.

Lily lo intuía, y la estaba poniendo nerviosa.

Se había pasado todo el fin de semana desnudo de cintura para arriba, empapado de sudor y con una arrebatadora sonrisa en el rostro, mientras se esforzaba para que el regalo de cumpleaños de Brittany fuera especial.

Por todo ello Lily le estaba muy agradecida. Pero ahora sólo estaban ellos dos, sin las niñas ni Jake. Solos Nick y ella, y una noche estrellada de otoño.

—¿No ha habido nadie más desde que tu ex se marchó? —le preguntó él.

Lily se puso rígida. ¿Le estaba preguntando si alguna vez había estado con alguien? ¿O sólo quería saber si había alguien más en ese momento de su vida?

¿Estaría pensando en pedirle una cita?

Sonrió como una estúpida, confiando en que la oscuridad la ocultara. Estaba tan contenta que sentía el deseo de levantarse y danzar por el jardín, olvidándose de todo miedo y precaución. Hacía mucho tiempo que Richard la había abandonado, y su hermana tenía razón. No podía estar siempre sola. Tarde o temprano, tendría que salir de su caparazón y tener una cita.

Irían a cenar o a ver una película... ¿Dónde estaba el problema? Sólo sería una cita.

—No he salido con nadie —dijo, intentando mostrar toda la serenidad posible—. Me costó mucho asimilar que Richard se hubiera marchado para siempre. Y además tenía mucho que hacer: las niñas, el divorcio, los gastos... No tenía tiempo para mí misma.

Él asintió lentamente.

—Debe de ser muy difícil encontrar tiempo para salir con alguien, teniendo que cuidar a las niñas.

—Sí —afirmó ella.

Por eso era tan conveniente que Nick se hubiera mudado a la casa de al lado. Tal vez Marcy también tenía razón en eso. Era como un regalo caído del Cielo.

Un regalo que ella podía desenvolver lentamente...

—Y supongo que no quieres que las niñas sepan que están viendo a alguien... Pues no sabes cómo se lo tomarían.

Lily asintió.

—Tampoco me gustaría que le tomaran cariño a alguien y que esta persona también las abandonara. Sinceramente, no he pensado mucho en el tema. Pero sería muy difícil por las niñas.

—Y en mi caso, por Jake —dijo él.

—¿Crees que a Jake le importaría que salieras con alguien? —preguntó ella, sorprendida.

—Oh, no le importaría lo más mínimo. Él opina que deberíamos tener... las puertas abiertas, por decirlo así. Quiere que los dos podamos traer a casa a todas las mujeres que queramos.

Era una idea tan ridícula que Lily soltó una carcajada. Pero a Nick no parecía hacerle tanta gracia. Tomó un trago de cerveza y sacudió tristemente la cabeza.

—Creo que lo decía en serio, como si esperase que yo se lo permitiera. ¿Qué voy a hacer?

—¿Me lo estás preguntando? Mis hijas sólo tienen nueve y siete años. Es pronto para que me pidan esa clase de permiso... afortunadamente.

—No supe qué decirle. Le dije que estaba loco si pensaba que iba a traer chicas a casa por la noche.

—Bien. Fue lo mejor que le podrías haber dicho.

—Pero ¿y si yo quiero ver a alguien? ¿Tendré que actuar a espaldas de Jake? Eso también me parece absurdo. Él no es un crío, pero sólo tiene quince años. Yo tengo treinta y ocho. ¿Se supone que debo vivir como un monje en mi propia casa?

—No sé si soy la persona indicada para responderte, ya que nunca he tenido esa clase de problemas —dijo Lily—. Podrías buscar a una mujer sin hijos y volver pronto a casa, para que Jake no estuviera solo mucho tiempo.

Nick sonrió y dejó la cerveza en la hierba.

—No funcionaría. La mujer que me gusta tiene dos niñas pequeñas.

Lily estuvo a punto de dejar caer la copa de vino. Nick le quitó la copa de la mano y la dejó también en el suelo. A continuación, llevó la mano hasta su barbilla y, muy lentamente, dándole tiempo para que se retirara, se inclinó hacia ella y le rozó la nariz con la suya.

—Eres tú, Lily. Tú eres la mujer a la que deseo.

Lily tendría que echarle los brazos y encima y besarlo.

O que fuera él quien la agarrase y besara.

Aunque, ahora que lo pensaba, Nick no era el tipo de hombre primitivo que agarrase a una mujer con fuerza. Era exquisitamente delicado y suave, y muy seguro de sí mismo.

Así que tendría que ser ella la que lo rodease con los brazos y se aferrara a él con todas sus fuerzas.

Cualquier cosa para asegurar que siguiera besándola como lo estaba haciendo, con aquellos labios tan cálidos y sensuales, el calor de sus músculos filtrándose en sus huesos, la fuerza de sus brazos rodeándola, haciéndola sentirse como si nunca la hubieran excitado de aquella manera.

Se sentía igual que cuando miraba por la ventana de la cocina y lo veía a la luz del sol, todo fibra y músculo, irresistiblemente sexy y un poco temible... porque la sensación que inspiraba no era segura. Pero, al mismo tiempo, era una sensación deliciosamente placentera.

Se sumergió por completo en aquel calor varonil, ávida por saciarse de su sabor, como una mujer que hubiese estado sola durante décadas. Se deleitó con sus besos dulces y embriagadores mientras imaginaba sus manos por todo el cuerpo, desnudándola y llevándola a la cama.

Si hubieran estado solos, habrían acabado en la cama a los pocos minutos, pero él empezó a retirarse mucho antes de que ella quedase satisfecha. Separó los brazos y le tomó el rostro en las manos, mientras ella intentaba conseguir un beso tras otro.

—Lily, cariño —dijo, riendo—. No podemos hacerlo aquí ni ahora. No sabes cuánto lo deseo, pero no podemos. Jake está en mi casa y tus hijas están al otro lado del jardín. No querrás que nos vean de esta manera, ¿verdad?

Lily también se rió, porque se sentía feliz y viva,

después de un larguísimo letargo. Porque un hombre maravilloso se había mudado al lado de ella.

—Lo siento, yo... oh, cielos —además de feliz, se sentía terriblemente avergonzada.

—Lo sé... Te aseguro que lo sé —dijo él, respirando hondo y soltando lentamente el aire—. Tendrán que irse a dormir en algún momento. Supongo que no querrás venir conmigo después de haber acostado a tus hijas, ¿verdad?

Lily aún sentía la emoción del momento recorriéndole las venas. Pero la excitación empezó a apagarse rápidamente. ¿Nick esperaba acostarse con ella esa noche? ¿Así de simple?

Pasó de sentirse excitada a sentirse estúpida.

—Yo pensaba que... cuando dijiste...

—Sí, lo entiendo. Sabía que no te sentirías cómoda. ¿Qué te parece mañana, mientras los chicos estén en la escuela? Sólo estaríamos tú y yo. Nadie tendría por qué enterarse.

Lily sintió cómo la abandonaba todo resto de placer y emoción, junto al aire de sus pulmones.

Nick no le estaba pidiendo una cita.

Sólo quería acostarse con ella.

Se hundió en la silla, deseando poder esfumarse en la oscuridad.

¿Eso era la moda actual? ¿Acostarse con alguien sin más? ¿Acaso se habían acabado las citas? Tampoco llevaba soltera tantos años...

Quizá debería sentirse halagada en vez de horrorizada y avergonzada.

—Lo siento —dijo—. Lo siento de verdad. Pero no puedo...

—¿Lily?

—No sabía que... eh... tengo que irme —se puso en pie de un salto, dispuesta a huir.

Él la agarró de la mano, pero ella se soltó de un ti-
rón y echó a correr.

Nick la llamó mientras ella se alejaba, pero afortunadamente no intentó seguirla. Lily entró en la cocina,
cerró con llave y se sentó en el suelo con la espalda
pegada a la puerta.

Era ridículo encerrarse de aquella manera. Él no iba
a acosarla ni nada por el estilo. Simplemente le había
hecho una proposición que muchas mujeres habrían encontrado razonable y tentadora.

Se sentía como una idiota.

Había creído que quería salir con ella, cortejarla,
seducirla como era debido, para que, al cabo de un
tiempo, tal vez acabaran acostándose.

Pero... ¡no!

Sólo quería llevarla a la cama y que se desnudara
para él.

¿A eso había quedado reducido el romanticismo
actual?

Permaneció un rato allí sentada, sumida en la desgracia, hasta que se dio cuenta de que había dejado a
las niñas en el jardín, solas y de noche. Se levantó rápidamente y abrió la puerta, y allí estaba él, dispo-
niéndose a llamar con los nudillos.

—¡Maldita sea! —exclamó ella—. No quería dejar
solas a las niñas.

—Están bien.

—No puedo hablar contigo ahora. Lo siento. Por
favor... no me hagas hablar de ello.

—No pretendo que hagas nada que no quieras,
Lily. No soy esa clase de hombre.

—Ya sé que no lo eres. No quería decir eso. Me
siento ridícula, y no quiero hablar más de esto.

—Muy bien. ¿Qué te parece si me quedo en el jardín, vigilando a tus hijas para que puedas tener tiempo para ti misma? Cuando estés lista, puedes llamarlas para que entren en casa.

Lily sorbió por la nariz, intentando contener las lágrimas. Nick no mostraba el menor atisbo de burla, regocijo ni irritación. Parecía ser el hombre más tranquilo y razonable del mundo.

—Me parece bien... Sé que me estoy comportando como una tonta. Lo siento.

—No pasa nada.

—Es por... —respiró temblorosamente y volvió a apartar el rostro.

—Lily, siento haberte disgustado. Creía que deseábamos lo mismo, pero es evidente que estaba equivocado. Voy a quedarme en el jardín hasta que las niñas entren en casa, y si cambias de opinión y quieres hablar conmigo, ya sabéis dónde encontrarme. Y si no quieres volver a hablar de esto nunca más, que así sea. Siento haberte ofendido.

Capítulo 8

LILY permaneció inmóvil, viendo cómo él volvía al jardín. Entonces cerró la puerta, echó otra vez la llave y volvió a sentarse en el suelo mientras las lágrimas resbalaban por sus mejillas.

Estaba tan furiosa con el mundo que apenas podía tenerse en pie. Esperó unos minutos, y entonces agarró el teléfono para llamar a su hermana.

—¡Soy una estúpida! —declaró.

De fondo se oían gritos infantiles, el ladrido de un perro y el sonido de la televisión.

—¡John! —le gritó Marcy a su marido—. No digas nada —le ordenó a Lily—. Espera a que John se haya llevado a las niñas, porque quiero que me lo cuentes todo hasta el último detalle —Lily oyó cómo dejaba a su marido a cargo de todo y cómo se movía por la casa, seguramente en dirección al garaje, donde se refugiaba a menudo del ruido—. Ya está —dijo, sin ningún ruido de fondo—. Y ahora cuéntame. ¿Qué ha pasado? ¡Sabía que pasaría algo! ¡Cuéntamelo todo ahora mismo!

Lily suspiró, intentando deshacer el nudo de su garganta.

—No lo entiendes. No se trata de algo bueno...

—¿Cómo que no? He visto cómo te miraba... Tiene que ser algo bueno.

—Creía que iba a pedirme una cita —admitió Lily penosamente.

—Sí. Las citas están muy bien —dijo Marcy, tan animada como siempre—. Son una buena manera para empezar. ¿Y qué más? Dime.

—No quiere salir conmigo. Sólo quiere acostarse conmigo cuando las niñas estén durmiendo. Esta noche. ¡O quizá mañana, mientras las niñas estén en el colegio!

—Oh...

—¿Oh? ¿Qué significa ese «oh»? Ni siquiera pareces sorprendida. ¿Así son las citas hoy día? ¿Alguien te pide acostarse contigo y ya está? Me he quedado tan desfasada que no sé ni cómo llamarlo, Marcy. ¡Y si ésta va a ser mi vida a partir de ahora, al menos debería saber qué nombre ponerle!

—Lily, cariño, cálmate —dijo Marcy—. Respira hondo —Lily intentó reprimir los sollozos y acabó con un ataque de hipo—. Y ahora empieza de nuevo, más despacio. Él no te preguntó directamente si podía acostarse contigo esta noche, ¿verdad?

—No —admitió Lily—. Estábamos hablando... sobre lo difícil que es ver a alguien cuando se tienen hijos. O al menos eso creía yo. Supongo que él se refería a lo difícil que es acostarse con alguien cuando se tienen hijos. Yo me mostré de acuerdo en que sería muy embarazoso. Las niñas ni siquiera se han acostumbrado a que sus padres estén divorciados. Y luego... no sé. Creía que íbamos a salir a cenar. Pero él sólo estaba pensando en llevarme a la cama.

—Oh, cariño. Cuánto lo siento.

—Entonces, ¿se trata de esto? ¿Se supone que tengo que acostarme con el primer hombre que me lo proponga o quedarme sola para siempre?

—No vas a estar sola para siempre —insistió Marcy.

—No sé qué hacer. No encajo en este mundo. Creía que mi matrimonio duraría toda la vida, y ahora... ahora me siento perdida.

—Lily, ya sé que ha sido muy duro para ti, pero...

—Y yo ni siquiera quería esto —se quejó ella—. No estaba buscando nada. Estaba muy bien aquí, con las niñas, con mi familia y con mi vida. Pero de repente apareció él, tan guapo y musculoso, y me hizo recordar todas esas cosas que no quería recordar. ¡Cosas que me da miedo desear! Todo es muy injusto, y me siento fatal —volvía a estar llorando desconsoladamente—. Odio esta situación. ¡La odio!

—Lo sé. Lo siento. Pero todo saldrá bien. Te lo prometo.

—¿Cómo es posible? Acabo de hacer el ridículo y no puedo esconderme de él para siempre. ¡Vive en la casa de al lado!

—Estoy segura de que la situación no es tan horrible como crees —dijo Marcy.

—Salí huyendo —confesó Lily con un gemido—. Me metí corriendo en casa y cerré la puerta con llave. Y ahora estoy sentada en el suelo de la cocina, escondiéndome de un hombre adulto. Es patético.

—Todos cometemos errores...

—Y él se mostró encantador, incluso cuando yo no hacía más que llorar y decir tonterías. Es un buen hombre, pero no quiere más que una aventura sexual.

—Cariño, te falta un poco de práctica con los hombres, eso es todo...

—Pues si esto es lo que me estoy perdiendo, no quiero practicar nada.

—Espera un momento... Me parece que no me lo has contado todo.

Lily suspiró.

—Está bien... Me besó.

—¡Oh, Dios mío! —exclamó Marcy—. ¿Y estuvo bien?

—Mejor que bien —admitió Lily—. Me sentía como si volviera a tener dieciséis años y nunca me hubieran besado.

—En ese caso... Siento tener que decirlo, pero ¿qué habría de malo en disfrutar hasta el final con él?

El fin de semana siguiente, Jake estaba guardando la cortadora de césped de Lily cuando volvió a ver a Andie vigilando su casa. O al menos, parecía que estaba espiando.

¿Por qué lo haría? Jake se ocultó en el interior del garaje de Lily y asomó tímidamente la cabeza.

Andie pasó por delante de la casa, caminando muy lentamente, como si intentara ver a través de las ventanas o por la terraza.

Era imposible que lo estuviese buscando a él. De nada serviría albergar esperanzas.

¿Creería que había algo entre su tío y su madre? Y si así fuera, ¿por qué no se lo preguntaba directamente a su madre?

—¿Jake?

Dio un respingo al oír su nombre a su derecha, cuando él había estado mirando a la izquierda. Se giró y vio a Lily frente a él, mirándolo extrañada.

—¿Sí? —entonces recordó que Andie seguía observando su casa y volvió a pegarse a la pared interior del garaje.

—¿Estás bien? —le preguntó Lily.

—Sí. Estaba... Andie está ahí fuera.

—Oh —fue la respuesta de Lily, como si le pareciera lógico que él se ocultara en su garaje, en vez de arriesgarse a hablar con Andie Graham.

—Supongo que estoy haciendo el ridículo, ¿verdad? —dijo en tono disgustado—. Ella ahí fuera y yo escondiéndome aquí. Pero me quedé muy sorprendido al verla.

—Te entiendo... no sabes cuánto —dijo Lily.

Sí, Jake podía ver que lo entendía, porque a Lily le pasaba algo. Algo había cambiado desde que acabaron la casa del árbol. Lily les había preparado chuletas a la parrilla, y luego Jake había entrado en casa, dejándola a ella, a su tío y a las niñas en el jardín.

Desde entonces, su tío se había mostrado muy huraño y Lily había estado muy callada, incluso triste.

Jake quería preguntarle a Lily si estaba enfadada, si habían tenido alguna especie de pelea o si él podía ayudar en algo. Pero entonces volvió a recordar que Andie estaba observando su casa.

¿Tendría algo que ver con la madre de Andie y su tío Nick? ¿Estaría Andie buscando a su madre en casa de Jake? ¿Y estaría Lily furiosa porque creía que había algo entre su tío y la madre de Andie?

—No está viendo a la madre de Andie —soltó de repente.

Lily puso una expresión horrorizada, que intentó disimular sin éxito.

—Lo siento —dijo Jake—. Creía que mi tío y tú os habíais peleado, y se me ocurrió que quizá fuera por la madre de Andie. No sé de qué va todo esto, pero mi tío no la está viendo. Ella no ha estado en casa desde aquella primera vez en la cocina... Sabes a qué vez me refiero, ¿verdad?

Lily asintió.

—Gracias, Jake. Pero no se trata de la madre de Andie.

—De acuerdo. Sólo intentaba ayudar.

—Lo sé —dijo Lily con una amable sonrisa.

—Si quieres, podría hablar con él por ti —ofreció Jake—. Si hay algo que pueda hacer.... Mi tío está de un humor de perros, por si te sirve de algo.

Lily sacudió la cabeza.

—No quiero que esté mal.

—Entonces deberías hablar con él, porque lleva así desde el domingo por la noche.

—Lo siento. Imagino que no será una compañía agradable para ti.

Jake se encogió de hombros y volvió a atisbar el exterior.

—Ahí está Andie otra vez. No lo entiendo. ¿Qué está haciendo? Parece que está buscando a su madre. Eso fue lo que estaba haciendo la última vez que la vi por aquí, pero entonces yo estaba en casa. Su madre no estaba allí, y hace semanas que no la veo.

—¿Por qué no vas a preguntárselo? —le sugirió Lily.

Jake respiró hondo y se obligó a comportarse como un hombre. Tenía que ir a hablar con ella.

—¿Qué le digo? —preguntó, completamente perdido.

—Pregúntale si puedes ayudarla en algo.

—Oh... —aquello le parecía muy sencillo—. Muy bien. Lo haré.

Lily se echó a reír, más animada de lo que había estado en días, y le deseó buena suerte.

Jake se dirigió hacia Andie, y en el último segundo recordó que acababa de segar el césped de Lily, que estaba empapado de sudor y manchado de grasa y que tenía briznas de hierba pegadas por todo el cuerpo.

—Maldita sea —masculló.

Andie se dio la vuelta al oírlo y no pareció muy contenta de verlo.

«Vamos allá, Jake».

—Hola —la saludó, porque ya era demasiado tarde para retroceder.

—Hola —respondió ella con cautela. Parecía muy triste y afligida.

—Estaba cortando el césped del jardín vecino y te vi pasando junto a mi casa —dijo, intentando que no pareciera que la había estado espiando—. ¿Estás...? ¿Necesitas algo? ¿Puedo ayudarte? Porque estaría encantado de hacerlo, si hay algo que pueda hacer.

Ella se encogió de hombros y negó con la cabeza.

—Sólo estoy buscando a mi madre.

Jake asintió. ¿Andie no podía localizar a su madre? ¿De qué iba todo aquello?

—Hace semanas que no la veo por aquí —dijo él—. Y estoy seguro de que no hay nada entre ella y mi tío, si es eso lo que te preocupa.

—No estoy preocupada —replicó ella, aunque su expresión decía lo contrario—. A veces sale y... se le olvida decirme adónde va. Tengo que encontrarla.

—Oh, ¿no responde al móvil? —Andie negó con la cabeza—. Bueno, ¿cuándo la viste por última vez?

—Anoche.

—¿Anoche no volvió a casa? —preguntó él, pensando que aquello era cada vez más extraño.

—Tienes que prometerme que no hablarás con nadie de esto...

—Claro. Lo prometo.

—No sé si vino a casa o no. Salió y yo me fui a la cama. Cuando me levanté esta mañana, ella no estaba. Puede que regresara y se volviera a marchar muy temprano. Quizá me esté preocupando por nada. Al fin y al cabo, es una madre y puede hacer lo que quiera. Pero a veces me preocupo por ella.

—Claro —dijo Jake. Él nunca se había preocupado por sus padres, hasta que un día fueron a comprar y ya no volvieron. La desaparición de la madre de Andie era razón para preocuparse—. ¿Quieres entrar en casa a hablar de esto, a ver qué podemos hacer?

Andie dudó.

—Quiero encontrar a mi madre.

—Podemos entrar a asegurarnos de que no está ahí —intentó Jake.

—De acuerdo —aceptó ella.

Lily vio desde su garaje cómo Jake hablaba con Andie y cómo la chica lo seguía a su casa. Se alegró por él. Al menos, las cosas le salían bien a alguien.

Había conseguido evitar cualquier contacto con Nick, con mucho esfuerzo. Sabía que se estaba comportando como una idiota, pero aún no había conseguido reunir el valor para hablar con él e intentar aliviar la tensión.

Entró en casa y se sirvió un vaso de agua. Estaba pensando en buscar algo de comer cuando empezó a sonar el teléfono, y respondió sin molestarse en comprobar quién la llamaba.

—¿Lily? —apenas era un susurro, pero lo reconoció enseguida.

Nick...

—Lo siento —dijo él, en voz muy baja—. Ya sé que no quieres hablar conmigo, pero... No sabía a quién más llamar.

—¿Qué ocurre?

—Jake ha traído a una chica.

—Lo sé —parecía tan nervioso que no pudo evitar

una carcajada—. Es Andie Graham. Los he visto hablando en la calle.

—¿Graham? ¿Jake ha traído a casa a la hija de Audrey Graham?

—Eso me temo.

Nick soltó un fuerte gemido.

—¿Se parece en algo a su madre?

—No lo sé. ¿Por qué?

—Porque la ha traído aquí y luego se ha inventado una historia para enseñarle la casa.

—¿Y? ¿Qué tiene eso de malo?

—¿Qué interés podría tener en enseñarle la casa, y ella en verla? Vamos. Se cómo piensan los chicos de quince años. La ha subido a su habitación y no han vuelto a bajar.

—Oh —dijo Lily. Ahora lo entendía todo.

—Tienes que ayudarme —gruñó Nick—. ¿Qué puedo hacer?

—Asegúrate de que la puerta de su habitación está abierta y búscate alguna excusa para subir de vez en cuando y pasar por delante de la puerta —sugirió Lily.

—¿Así de simple? ¿Jake puede subir a una chica a su habitación sin más?

—No lo sé. ¿Puede hacerlo?

—Oh, no lo sé. No tengo ni idea de lo que puedo hacer, Lily.

Ella miró por la ventana de la cocina y vio a Nick, de espaldas a la ventana de su propia cocina. Se dio cuenta de que lo echaba terriblemente de menos.

—Vamos, Lily. Se trata de Jake.

—Lo sé. Aún no he llegado a esa fase con mis hijas, pero déjame pensar —intentó concentrarse en el problema y no en lo mucho que añoraba estar con él—. ¿Alguna vez le has dicho a Jake que no puede estar con chicas en su habitación?

—No sabía que tuviera que decírselo. Le dejé claro que no podía usar la casa para acostarse con quien quisiera, pero no especifiqué que no pudiera estar con una chica en su habitación. ¿Es necesario que lo haga?

—Eso parece, ya que lo está haciendo ahora mismo. Pero no se lo digas ahora, porque lo pondrías en una situación muy embarazosa. Espera hasta que ella se marche.

—De acuerdo, esperaré.

—Y no creo que tengas que preocuparte mucho. Jake apenas conoce a Andie. Antes tenía tanto miedo de hablar con ella que no me lo imagino intentando nada en su habitación.

—¿Tiene miedo de ella? —preguntó Nick, nada complacido.

—¿Qué pasa? Tú tienes miedo de su madre —replicó Lily en un tono ligeramente burlón.

—Yo no tengo miedo de su madre. Simplemente, preferiría no saber nada de ella.

A Lily dejó de resultarle gracioso, porque seguía sintiéndose como una estúpida, echándolo terriblemente de menos. Y sabiendo que a Nick no le costaría encontrar a una mujer que le diera todo lo que ella no podía darle.

—Audrey estaría encantada de acostarse contigo cuando su hija se fuera a dormir —dijo.

Nick maldijo en voz baja.

—Audrey me asaltó en mi cocina estando Jake allí. Pero eso no importa, porque no es Audrey la mujer a la que yo deseo.

Lily no supo qué responder. ¿Nick pretendía hacerle creer que era ella la única mujer a la que deseaba? A Lily le encantaría creérselo, por mucho que al mismo tiempo le asustara.

—Lily, tenemos que hablar de esto. Somos vecinos. Jake siempre está entrando y saliendo de tu casa. No podemos seguir ignorándonos.

—Lo sé.

—Siento haber herido tus sentimientos. Nunca fue mi intención. ¿Me permites que resuelva lo de Jake y hablamos más tarde?

—Las niñas están aquí —dijo ella—. Richard ha vuelto a fallar...

—Esta noche. Reúnete conmigo en el jardín después de que se hayan acostado.

En el jardín... A oscuras... Solos, aunque no del todo a solas...

—De acuerdo. Te llamaré cuando se hayan ido a la cama.

—Gracias —respondió él.

Capítulo 9

COMO si tuviera un radar que hubiese captado una señal, la hermana de Lily la llamó mientras ella intentaba mandar a las niñas a la cama.

Lily puso una mueca al reconocer el número en la pantalla y se obligó a no comportarse como una cobarde. ¿Cómo era posible que Marcy supiera algo?

Muy fácil. Porque se trataba de Marcy, y Marcy parecía conocer todos los secretos de Lily.

—¿Aún te sigues escondiendo del vecino? —preguntó Marcy, una vez que terminó de despotricar contra Richard por no hacerse cargo de las niñas.

—No, de hecho, he hablado hoy con él.

—Oh, estupendo. ¿Y qué te dijo?

—No podía hablar mucho. Tenía un problema con Jake, quien está colado por la hija de Audrey Graham. Es un chico encantador, y me temo que esa chica puede comérselo crudo. Pobre Jake.

—¿Qué le pasa a Jake? —preguntó Brittany, saliendo del cuarto de baño después de haberse lavado los dientes.

—Nada —respondió su madre—. Jake está muy bien.

—Me gusta Jake —declaró la niña—. Y yo le gusto a él.

—Lo sé, cariño.

—Va a enseñarme a montar en su monopatín —dijo Brittany, con el rostro iluminado por el entusiasmo.

—No, nada de eso.

—¿Por qué no?

—Brittany, estoy hablando por teléfono. Vete a dormir y ya hablaremos de eso mañana —le dio un beso en la frente y salió, dejando la puerta del dormitorio entreabierta—. Lo siento —le dijo a Marcy—. Creo que ahora podremos hablar. Ginny ya está en la cama, leyendo.

—Bien. Y la verdad es que no me interesa la vida amorosa del pobre Jake. Me interesa la tuya, o más bien, tu carencia de vida amorosa. ¿Qué pasa contigo y con el vecino de ensueño?

—Quiere hablar conmigo.

—Estupendo. ¿Cuándo?

—Esta noche. En el jardín.

—¿A oscuras? —la sonrisa de Marcy fue evidente al otro lado de la línea.

—Sí, está oscureciendo.

—Muy bien. Pues te pido por lo que más quieras que pienses bien en esto antes de rechazarlo. Porque sé que te gusta, y que no es fácil encontrar esa combinación de belleza y personalidad en un hombre. Y además te desea. ¿Qué importa si solamente es sexo?

—Mi vida ya es bastante complicada...

—¿Complicada? Tu vida es solitaria. Tienes a las niñas, la casa y a mí. Pero yo te digo que mereces mucho más que eso.

—No estoy preparada para tener una relación. Es demasiado pronto.

—Entonces perfecto. Ese hombre no quiere nada serio. Sólo sexo. Y tengo la impresión de que se le da muy bien...

—¿Y eso cómo lo sabes? ¿Sólo por mirarlo? —preguntó Lily con escepticismo.

—No, por ver cómo construía la casa del árbol. Es fuerte, meticuloso y muy seguro de sí mismo. Paciente, amable y considerado. Es encantador con las niñas, y me dijiste que también lo era con su sobrino.

—¿Así es como valoras las habilidades de un hombre en la cama? ¿Por su manera de comportarse con los niños?

—Así es como valoro el corazón de un hombre. Si es así en la vida real, así será en la cama.

Lily tenía que admitir que su hermana tenía algo de razón. Ella misma había imaginado que Nick sería muy paciente y meticuloso... con ella.

—La pregunta que tienes que hacerte, cariño, es ¿por qué no? ¿Por qué no disfrutar de lo que puede ofrecerte un hombre tan atractivo? Nadie tiene por qué saberlo. Será tu pequeño secreto... y el mío, naturalmente.

Lily puso una mueca. Su hermana querría todos los detalles, desde luego.

—Supongo... pero me asusta.

—Es normal. Tu ex marido te hizo creer que todos los hombres son unos cerdos y que estabas condenada a la soledad. Pero no estás muerta, cariño. Eres una mujer joven y sexy, y es hora de que empieces a recordarlo. ¿Las niñas se han acostado?

—Eso espero.
—Entonces llámalo.

Nick estaba andando de un lado para otro del salón, esperando la llamada de Lily, cuando Jake bajó las escaleras.
—¿Ocurre algo?
—No —mintió Nick.
—Parece que estás preocupado por algo.
Nick respiró hondo y se preguntó qué podía contarle al chico.
—Estoy esperando una llamada.
—Oh —Jake se quedó dubitativo—. ¿Ha pasado algo?
—No. ¿Por qué lo preguntas?
Jake se encogió de hombros. Parecía muy joven y asustado.
—Sólo preguntaba.
—No ha pasado nada, Jake —insistió—. Siento haberte preocupado.
El muchacho volvió a encogerse de hombros.
—Voy a calentar los espaguetis que sobraron anoche. ¿Quieres un poco?
—No, no tengo hambre —respondió Nick, y entonces pensó que debería hablar con Jake sobre la chica y sobre las limitaciones que había que respetar en aquella casa.
Siguió a Jake a la cocina e intentó recordar cómo habría tratado su padre aquel tema. Seguramente se habría limitado a espetar órdenes en tono inflexible y despótico. «¡Nada de chicas en tu habitación!». Nick habría acatado dócilmente la orden y la cuestión hubiera quedado zanjada.
O al menos en apariencia, porque Nick había con-

seguido introducir a unas cuantas chicas en su cuarto...

—Jake, acerca de la hija de la señora Graham y tú...

—¿Sí? —Jake estaba inspeccionando el contenido de la nevera y ni siquiera levantó la cabeza.

—Es... eh... Parece mucho mayor que tú.

—Sólo un año y medio —dijo Jake, sacando un recipiente de plástico con las sobras.

—¿Estáis... los dos...? No sabía que estuvieras saliendo con alguien.

Jake se echó a reír.

—No estamos saliendo. Ella tiene un problema y necesitaba hablar. Eso es todo.

—Oh —Nick suspiró aliviado.

—Aunque me gustaría que fuera algo más que hablar. Está buenísima, ¿no te parece?

—Creo que un hombre de mi edad podría acabar en la cárcel por pensar eso, así que no voy a responder.

—¿No te parece que está muy buena? —le preguntó Jake en tono incrédulo.

—Lo que me pareces es que no debes meter chicas en tu habitación, ¿está claro?

—Pero si sólo estábamos hablando —dijo Jake, riendo.

—Bien, pues podéis hablar en el salón, o en la cocina, o en el jardín.

—Está bien —aceptó el chico—. Nada de chicas en mi habitación.

—Eso es —dijo Nick—. Así me gusta.

Todo había quedado resuelto. Sin discusiones ni palabras duras.

Entonces, ¿por qué se seguía sintiendo como si estuviera en un campo de minas?

Qué difícil era ser padre...

Lily consiguió finalmente hacer acopio de valor y llamar a Nick. Pero entonces vio que había empezado a llover mientras ella hablaba con Marcy.

Maldición... Era una preocupación absurda, pero Lily contaba con la relativa seguridad del jardín para que Nick no intentara seducirla. Recibirlo en la cocina sería otra historia.

Nick respondió al teléfono con aquella voz profunda y suave que tan fácilmente avivaba el deseo de Lily.

—Está lloviendo —dijo ella.

—Lo sé. ¿Supone algún problema?

—No sé...

—¿Tienes miedo de dejarme entrar en tu casa, Lily? —le preguntó seriamente, sin el menor atisbo de burla o coqueteo.

—No, pero... no sé cómo hacer esto —confesó ella—. He estado sola mucho tiempo, pero también me siento como si hubiera estado casada toda mi vida. No recuerdo cómo funcionan estas cosas.

—Te entiendo —dijo él con voz amable y suave.

Marcy tenía razón. Era un hombre paciente, amable y atractivo, y sin duda sería formidable en la cama.

—Y me siento tentada. Muy tentada...

—Me alegra oírlo —dijo él, riendo.

—Pero no es tan simple. Al menos para mí.

—Lo imagino. Pero no puedes culpar a un hombre por albergar esperanzas, Lily. ¿Qué quieres hacer? ¿Fingir que no ha pasado nada? Si ésa es tu decisión, la acataré sin problemas.

—¿Y si no sé lo que quiero? —preguntó ella.

—Bueno, eso podría conducir a todo tipo de situaciones —dijo él, aparentemente muy satisfecho—. Una de ellas, que yo te diera tiempo para que averiguaras lo que quieres. Otra, que intentara convencerte de que quieres lo mismo que yo, lo cual estaría encantado de hacer. De hecho, creo que sería muy divertido si me dejaras persuadirte para...

—¿Para? No creo que tu intención fuera hablar únicamente.

—Hablar sería una parte de ello —replicó él, pero lo decía como si apenas tuviera intención de hablar.

Y Lily tuvo el presentimiento de que le gustaría todo lo demás.

Se colocó junto a la ventana e intentó verlo a través de la lluvia y la oscuridad.

Nick estaba sonriendo. Podía percibir su sonrisa en su voz. Estaba guapísimo cuando sonreía. Su rostro perdía toda su dureza y le daba una imagen sexy y encantadora.

—Creo que deberías dejarme que fuera a verte y darte un beso de buenas noches —dijo él—. Así tendrías algo en qué pensar.

—Ya tengo mucho en qué pensar, y no creo que sea buena idea que vengas aquí.

—Es una magnífica idea. Nos quedaremos en la cocina. ¿Qué podría pasar, con tus hijas en el piso de arriba y con Jake acostumbrado a entrar y salir de tu casa continuamente? Además, sólo sería un beso, Lily.

Sí, pero ya la había besado con anterioridad, y sabía cómo eran sus besos...

—Cuelga —dijo él—. Enseguida estoy ahí.

La llamada se cortó antes de que ella pudiera protestar.

Apenas tuvo tiempo de tomar aire antes de que él entrara por la puerta de la cocina.

La lluvia debía de haber arreciado, porque Nick tenía el pelo chorreando y la camiseta empapada. Estaba más atractivo que nunca, mojado y con un brillo en los ojos que la hizo estremecer.

—Deja que te seque —dijo, sacando un trapo de cocina de un cajón.

Alargó el brazo y presionó el trapo contra sus mejillas, su frente y sus labios. Parecía estar acariciándolo, más que secándolo.

Lily contuvo la respiración y se dio cuenta de que, para atenderlo de aquella manera, tenía que estar muy, muy unida a él.

Nick levantó las manos y las posó suavemente en su espalda. El calor de sus palmas se filtró en su piel, aumentando el deseo por estar aún más cerca de él.

Intentó concentrarse en la tarea que se había encomendado y siguió secándolo, pero de alguna manera fueron sus manos y no el trapo las que se movieron por sus mechones oscuros.

—Nadie me había secado nunca así —dijo él con una sonrisa maliciosa, sin tirar de ella, pero sin apartarse—. Si lo hubiera sabido, me habría quedado más tiempo bajo la lluvia.

Lily dejó caer el trapo al suelo, avergonzada por lo que había hecho. No sabía si era un modo de detener las intenciones de Nick o una mera excusa para tocarlo... algo que deseaba hacer desesperadamente.

Y ahora estaban los dos frente a frente, y a ella no se le ocurría nada que decir ni ningún otro lugar en el que quisiera estar.

Nick permaneció quieto y callado, rodeándola con sus brazos y dominando los sentidos de Lily. Podía sentir el calor que emanaba de su cuerpo viril, la lucha entre la paciencia y la urgencia que se libraba en su interior. Podía oler la fragancia mentolada de su loción y oír su respiración lenta y sosegada. Podía sentir la oscilación de su pecho con cada inspiración y podía sentir la mirada de sus penetrantes ojos fijos en ella.

Muy lentamente, él inclinó la cabeza hacia ella y le rozó la mejilla con la suya.

Lily cerró los ojos y sus manos se aferraron a sus brazos. La mente la impelía a detenerse, pero el resto de su cuerpo la acuciaba a continuar.

El calor de su aliento le acarició el oído cuando le habló en susurros.

—Puedes tomarte todo el tiempo que necesites para acostumbrarte, Lily.

—No creo que pueda acostumbrarme nunca a algo tan delicioso —admitió ella.

Él se rió suavemente y la besó en la mejilla, la mandíbula y el cuello, como si tuviera toda la eternidad para provocarla.

Ella se estremeció con cada roce. Los pezones se le endurecieron como pequeños guijarros, los pechos le temblaron como si sintieran la proximidad de aquel torso recio y musculoso.

Nick estaba sonriendo. Lo supo cuando su boca se cerró contra la unión del cuello y el hombro, provocándole una descarga eléctrica por todo el cuerpo.

Lo rodeó con los brazos y él la apretó con fuerza, haciéndole sentir lo diferentes que eran. Su cuerpo era grande y poderoso, mucho más robusto de lo que ella había imaginado, curtido por una vida de duro trabajo físico. Y ella quería tocarlo por todas partes.

Él acabó de provocarla. La levantó como si no pesara más que una pluma y la sentó en la encimera de la cocina, colocándose entre sus piernas. La buscó con los labios y ella se abrió al calor de su boca y al placer de sus manos subiendo y bajando por la espalda.

Gimió y se abrazó a su pecho, pensando que aquélla era la clase de estímulo y excitación que debía de sentir una mujer en brazos de un hombre. Se entregó sin reservas y dejó que él tomase lo que quisiera, besándola una y otra vez.

Él dejó escapar un gemido ronco y profundo. Deslizó las manos bajo su trasero y la levantó ligeramente al tiempo que se presionaba contra ella. Si no hubieran estado vestidos, la habría penetrado sin ninguna dificultad. Sintiendo todo lo que él tenía que ofrecerle, le rodeó la cintura con las piernas y se frotó contra su ingle.

Entonces él pareció dudar por primera vez y retiró sus labios lo justo para hablar.

—Maldita sea, Lily. Vas a hacer que me olvide de todo lo que te prometí esta noche.

Así pues, no era ella la única que estaba increíblemente excitada.

Se arqueó contra él una vez más, sintiendo la palpitante dureza masculina contra ella. Él le agarró con fuerza el trasero y volvió a gemir, presionando su cara contra la suya.

—Creía que estaríamos a salvo en la cocina —dijo, respirando con dificultad—. Pero parece que estaba equivocado.

—Eso parece...

—Déjame disfrutar de esto un momento, antes de que me obligue a soltarte, ¿de acuerdo?

El calor, el deseo, las múltiples posibilidades que se ofrecían... Todo parecía unirlos como un lazo invisible y delicioso.

—Puedes volver a besarme —dijo ella descaradamente, levantando el rostro hacia él.

—No, no puedo —la dejó con cuidado sobre la encimera y le sujetó el rostro contra su pecho—. Dime que me vaya. Dime que te deje ahora mismo.

Pero Lily no quería que se fuera, y menos ahora

que sabía lo segura y excitada que se sentía en sus brazos.

—No quiero que te vayas —le dijo, mirándolo fijamente.

—No me hagas esto...

—¿Hacerte qué?

—Pareces dispuesta a darme todo lo que quiera, pero confías en mí para que no lo acepte.

—Confío en ti para que no sigas.

—Eso no es justo.

—De acuerdo, no es justo.

—Y no parece que te lamentes lo más mínimo —bromeó él.

—No me lamento —dijo ella, y estiró el cuello para volver a besarlo.

Él le concedió un beso más, pero manteniendo su cuerpo a distancia.

—Me marcho —dijo finalmente—. Y si me invitas a venir cuando no estén las niñas, acabarás completamente desnuda, te lo advierto. A menos que sea eso lo que quieres, no deberíamos quedarnos a solas.

—De acuerdo.

—Piensa en lo que quieres, Lily. Tienes que estar segura de ello.

—Lo haré —prometió ella.

—Tengo que irme.

La besó apasionadamente una vez más y se marchó.

Lily yacía en la cama, incapaz de conciliar el sueño, rememorando los momentos que había compartido en la cocina con Nick.

Los besos, las caricias, la dureza de su cuerpo... Era como si él hubiese despertado sus instintos sexuales, dormidos durante muchos años, y ahora no estaba segura de lo que hacer al respecto.

Arrancarle la ropa, por ejemplo.

Pero entonces tendría que desnudarse ella también, y odiaba el aspecto de sus muslos cada vez que los miraba.

Pensó en los últimos seis meses con Richard. El sexo se había convertido en una especie de obligación por parte de su marido, seguramente provocada por la culpa y por no hacer que Lily sospechara de su relación paralela con otra mujer.

Pensó en la humillación que sintió al descubrirlo. En la promesa que se hizo para no volver a confiar en ningún hombre nunca más. En el miedo de estar haciendo justamente eso...

Y luego volvió a pensar en desnudarse ante un hombre por primera vez.

Hacerlo a oscuras sería una buena idea, pero deseaba ver a Nick desnudo.

Quizá pudiera quedarse ella a oscuras y él en la luz. O podría desnudarlo con luz, deleitarse con su imagen y luego arrastrarlo a la oscuridad para desnudarse ella misma.

Sí. Eso podría funcionar. Problema resuelto.

A lo mejor podría soñar con él y encontrar algo de satisfacción en una fantasía, sin necesidad de arriesgarse a permitir que entrase en su vida... aunque sólo se tratara de sexo.

¿Podría hacerlo? ¿Podría tener sueños eróticos con Nick?

Con un poco de suerte, tal vez.

Con un poco de suerte le bastaría con soñar con Nick, su amante de ensueño.

Capítulo 10

DURANTE toda la semana estuvo durmiendo de manera irregular, sin la menor aparición de Nick en sus sueños.

El viernes, disgustada porque su plan onírico no hubiera funcionado, se concentró en la ardua tarea de levantar a las niñas y prepararlas para ir al colegio.

Las niñas, como era natural, no se mostraron nada cooperativas. Brittany no encontraba su camisa roja favorita y no quería ponerse otra cosa. Si Ginny no tuviera tan sólo nueve años, Lily habría jurado que su hija tenía el síndrome premenstrual, pues se rebelaba contra todo lo que su madre dijera o hiciese, por muy razonables que fueran las sugerencias. Si aquello era un anticipo de la adolescencia femenina, tenía motivos de sobra para echarse a temblar.

Richard llamó para quejarse de lo difícil y estresante que era su vida, como si a Lily le importara, y todo para decir que podía llevarse a las niñas el domingo, pero no el sábado. Lily tuvo que hacer un enorme esfuerzo para contenerse. Necesitaba ir a comprar, porque tenía que preparar galletas para una fiesta que celebraba una de las compañeras de Brittany al día siguiente, y Ginny se quejaba de que sus zapatos le hacían daño.

Pero lo primero era avanzar un poco con las reformas del comedor. El friso de madera llevaba días esperando, y Lily se decidió finalmente por un estilo elaborado y artesanal a base de las pequeñas tablas que estaba ensamblando en el garaje. Era un trabajo de chinos, pero estaba muy de moda últimamente.

Se afanó en el intento, pero lo único que consiguió fue clavarse una enorme astilla en la mano. Aun así perseveró en la tarea, hasta que el descuido hizo que se machacara el pulgar con el martillo. Dejó escapar un grito de dolor y frustración y arrojó el martillo con todas sus fuerzas contra el suelo de cemento del garaje. El martillo rebotó en el suelo y se estrelló en la pared. Seguramente habría provocado algún desperfecto, pero a Lily no podía importarle menos en aquel momento. Se agarró el lastimado pulgar y lo apretó fuertemente para sofocar el dolor. Al no tener éxito, se lo metió en la boca y empezó a chuparlo con ahínco.

Y así fue como la encontró Nick, chupándose el pulgar y al borde de las lágrimas. Seguramente había oído su grito o el choque del martillo contra el suelo. Al ver que Lily se encontraba relativamente bien se detuvo, tal vez temeroso de acercarse más.

—No te preocupes. No voy a arrojarte nada a la cabeza —le dijo ella.

—¿Lo prometes? —preguntó él con la boca torcida, como si estuviera reprimiendo la risa.

—Si te ríes de mí, lo haré —lo amenazó ella.

Entonces él se echó a reír, y ella, profundamente

consternada, no pudo contenerse más y empezó a llorar allí mismo.

Nick la miró con expresión horrorizada.

—Lily, cariño... Lo siento. No sabía que te hubieras hecho daño.

Corrió hacia ella y empezó a palparle los brazos, en busca de algún hueso roto.

—No me he hecho daño —dijo ella, sorbiendo con fuerza—. Sólo me he lastimado el pulgar con el martillo. ¡Estoy furiosa, nada más!

Por un momento, Nick pareció atónito e inseguro. Pero enseguida se acercó y la levantó en brazos.

—Vamos. Déjame que te lleve adentro y te ponga un poco de hielo en el dedo.

Lily desistió y permitió que él la llevara. Incluso se permitió apoyar la cabeza en su pecho e intentó serenarse. Él la sentó en la encimera de la cocina, buscó un trapo para llenarlo de hielo y envolvió el pulgar de Lily, sujetándolo con sus propias manos.

—¿Mejor? —le preguntó dulcemente.

Lily asintió, sintiendo las lágrimas por las mejillas.

—¿Un mal día?

—Sí —susurró ella.

—¿Una mala semana?

—Sí.

—No eres tan dura como pareces, ¿eh? —dijo él, guiñándole un ojo. Ella levantó el mentón bruscamente—. No, no te lo tomes a mal. Quiero decir que pareces capaz de todo. Siempre sabes lo que hay que hacer y cómo hay que hacerlo, sin necesitar ayuda de nadie. Pero una parte de ello sólo es pura fachada, ¿verdad?

—Todo es pura fachada —admitió ella—. Nunca estoy segura de nada. Siempre estoy cansada, furiosa y... sola —era la confesión más difícil—. Especialmente desde que viniste a vivir aquí... No me malinterpretes. Me encanta que Jake y tú viváis aquí al lado, pero... también me hace añorar cosas.

—¿Qué clase de cosas? —le preguntó en voz baja. Parecía muy interesado.

—Ya sabes. Echo de menos tener a un hombre en mi vida. Antes no lo sabía, pero ahora sí.

Él asintió lentamente.

—Lo siento.

—No lo sientes —dijo ella con el ceño fruncido—. Tú quieres cosas de mí, y me haces desear esas mismas cosas. Todo era mucho más fácil cuando yo no deseaba nada de eso...

Él se encogió de hombros.

—Jake y yo podríamos marcharnos, si eso te ayuda.

Lily no pudo evitar una débil carcajada. Sabía que estaba siendo ridícula, y él también lo sabía.

—Me sentía más segura cuando no estabas... Cuando no deseaba lo que me haces desear ahora.

—¿Podríamos concretar qué quieres exactamente, y por qué no te permites tenerlo? —preguntó él.

—Porque... Ahora mismo no sé por qué. Porque tengo miedo, supongo. El año pasado fue espantoso. Ahora estoy empezando a sentirme segura otra vez, y no quiero que vuelvan a hacerme daño.

—Lo entiendo —dijo él, asintiendo—. Pero estás sola. Eres una mujer joven, bonita y sexy, y estás sola. Podrías ponerle remedio si quisieras, ¿no?

—No lo sé. No es tan sencillo. Tengo a las niñas y muchas cosas que hacer. Siempre estoy ocupada y... ¡y no me gustan mis piernas!

—¿Cómo es posible, Lily? —preguntó él con una media sonrisa.

—A ninguna mujer le gustan sus piernas.

—Pero yo he visto las tuyas. Las he visto cuando

te pones esos pantalones cortos los días de mucho calor. Me gustaría que fueran aún más cortos, pero me
encanta lo que veo.

A Lily le gustó oír aquello, pero seguía angustiada.

—Y si tuviera que desnudarme contigo cuando...
ya sabes.

Nick se quedó pensativo un momento.

—¿Quieres que te diga que puedes dejarte la ropa
puesta? Porque si eso es lo que quieres, no tengo ningún problema, cariño. Preferiría que estuvieras desnuda, naturalmente, pero si insistes...

—Bueno, quizá si estuviéramos a oscuras... —concedió ella—. No sé... Yo también quiero verte a ti.

Él se echó a reír.

—Lily, cariño. Haría cualquier cosa para que te
sintieras cómoda Estoy dispuesto a quitarme toda la
ropa y a que tú permanezcas vestida. Pero no sé cómo
vamos a hacerlo, si tú quieres estar a oscuras y verme
al mismo tiempo. ¿Quieres que la mitad de la habitación esté iluminada y la otra mitad...?

—¡Déjalo! —gritó ella—. Ya me siento bastante
ridícula.

Él volvió a reírse y la envolvió con sus brazos, y
ella también lo abrazó, olvidándose por completo del
pulgar. El trapo se desprendió del dedo y el hielo se
desparramó por el suelo mientras Nick se inclinaba
para besarla. Y todos los temores y dudas de Lily se
disiparon al instante, al recordar lo maravilloso que
era tener a un hombre fuerte y sexy en sus brazos.

En aquel momento le pareció imposible haber pasado tanto tiempo sin uno, porque de repente se veía
incapaz de soportar un minuto más sin aquella sensación incomparable.

Lo besó con una pasión denodada, rodeándolo con
las piernas y tirando de él hacia ella.

Él gimió y le puso las manos en las caderas para apretarla contra su cuerpo, y Lily pudo sentir la fuerza de su creciente respuesta masculina. La sensación fue tan intensa y vertiginosa que le hizo desear arrancarle la ropa allí mismo, en la cocina.

Para Lily no fue más que un pensamiento fugaz, pero Nick la sorprendió y maravilló al quitarse la camiseta por la cabeza y arrojarla al suelo, regalándole una gloriosa y suculenta imagen de su torso desnudo y poderoso.

Lily se estremeció y se debatió entre la posibilidad de explorar aquella piel con sus manos y su boca y la idea de suplicarle que la llevara a su habitación, o quizá al sofá del salón.

Era una decisión muy difícil, sobre todo porque él la estaba besando con una voracidad insaciable y empujando de vez en cuando entre sus muslos abiertos. Una versión reducida y enloquecedora de lo que ella quería realmente que hiciera.

Finalmente, él se retiró lo suficiente para hablarle en voz baja y ronca.

—¿Dónde te gustaría verme desnudo, Lily? ¿Y para cuándo lo tenías pensado? Por favor, dime qué estabas pensando en este mismo momento...

Ella bajó las manos por su ancha espalda, lo agarró por las caderas y tiró de él.

Él volvió a gemir y apoyó la frente contra la suya. Lily lo miró a los ojos y luego se deleitó la vista con su cuerpo. Una fina capa de vello le cubría el pecho y se iba estrechando en una línea que desaparecía bajo los vaqueros. Lo besó en los pectorales y siguió la línea de vello con una mano. Él se puso rígido y con la mirada le dijo que estaba avanzando por un terreno muy peligroso, pero ella había olvidado todas sus dudas y deslizó la mano sobre la cintura de sus vaqueros.

Encontró un bulto impresionante y lo agarró en su palma, sin dejar de mirarlo a los ojos. Él entornó la mirada, ahogó un gemido y la dejó explorar a su antojo, y ella lo frotó ligeramente y deslizó la mano en el interior de los vaqueros, provocándole un jadeo y una risa entrecortada. Deseaba tenerlo dentro de ella, sentir su dureza y su calor palpitante.

—De acuerdo —dijo—. Me desnudaré si tienes un preservativo a mano.

—En el bolsillo —susurró él.

—¿Llevas siempre preservativos contigo? —le preguntó, satisfecha y sorprendida.

—Desde la última noche que estuve contigo en esta cocina. Me pareció que debía ir preparado —la besó en el cuello y empezó a desabrocharle los pantalones.

—Alguien podría vernos, Nick —protestó ella.

Él se giró y miró por la ventana de la cocina.

—Para eso tendrían que pasar entre tu casa y la mía.

Esperó, con las manos en la cintura de Lily, hasta que ella cerró los ojos y cedió al riesgo.

—Muy bien. Vamos a vivir al límite.

Él sonrió, terminó de desabrocharle los vaqueros y la levantó con un brazo para quitarle las braguitas con el otro. Se bajó los pantalones y se enfundó el preservativo mientras ella se quitaba la camiseta, y bajó la mirada a su sujetador, esperando.

—¿En la cocina? —preguntó ella.

—Sí, Lily —respondió él, asintiendo mientras la besaba—. En tu cocina. La próxima vez lo haremos en una habitación con la puerta cerrada. Te lo prometo.

La promesa complació a Lily tanto como le horrorizaba estar desnuda en la cocina. Pero desnuda se quedó al quitarse el sujetador y arrojarlo al fregadero.

Él le sonrió maliciosamente y la apretó contra su cuerpo. Ella cerró los ojos y pensó en el día que lo vio por primera vez, semidesnudo y sudoroso. Y ahora lo tenía allí, desnudo ante ella, besándola con avidez y moviéndose contra su entrepierna, dándole tiempo para que se acostumbrara a la sensación. Entonces le puso las manos en las caderas y se introdujo fácilmente en su interior.

Lily gimió débilmente.

—¿Voy muy rápido? —le preguntó él.

—No... Más rápido —respondió ella, deseándolo cada vez más.

Y entonces Nick la penetró con una fuerte embestida, haciéndole proferir un incontenible y fuerte gemido que casi se transformó en un grito de placer.

Él la sujetó con firmeza y empezó a moverse en su interior, multiplicando con cada roce la exquisita sensación que la invadía. Lily respiraba con dificultad entre pequeños jadeos y temía que las lágrimas estuvieran afluyendo a sus ojos, tales eran las emociones y sensaciones que la invadían.

Los dedos de Nick se clavaron en sus caderas, como si intentara controlar los movimientos de ambos.

—Lily —la avisó, porque ella no podía permanecer quieta, o quizá porque se movía demasiado rápido, o tal vez sólo fuera su manera de atormentarla y hacerla enloquecer.

Fuera como fuera, se transformó en un duelo de voluntades, para ver cuál de los dos era el primero en llevar al otro hasta el límite.

Lily empleó los músculos de sus muslos para apretarse contra él y lo besó frenéticamente, recorriéndole el cuerpo con las manos.

—Eres mala... —le dijo él, viendo que se negaba a dejarle marcar el ritmo.

Ella le sonrió, y él redobló la intensidad de sus besos y embestidas hasta que el cuerpo de Lily alcanzó un grado de tensión máximo. Por un instante pareció que todo se detenía a su alrededor, y entonces se vio invadida por una ola tras otra de incontenible placer. Gimió con más fuerza y enterró la cara en el pecho de Nick, sintiendo sus últimas acometidas y estremecimientos mientras él jadeaba en busca de aire y pronunciaba su hombre con voz ahogada.

—Lily, Lily, Lily...

Permanecieron inmóviles, abrazados el uno al otro.

Lily estaba completamente exhausta, le dolían las piernas y las lágrimas no dejaban de afluir a sus ojos. Él la abrazó con fuerza y ternura al mismo tiempo, y ella se acurrucó contra su pecho y deseó que estuvieran en algún otro lugar, íntimo y oscuro.

Pero estaban en la cocina, y él intentaba averiguar qué le pasaba.

—¿Por qué lloras? —le preguntó, intentando escudriñar su rostro.

—No estoy llorando —respondió ella—. ¿Nunca se te han saltado las lágrimas por alguna sensación abrumadora? —él negó con la cabeza—. Pues a mí sí... ¿Podemos ir ahora a otro sitio?

—Claro. Dame un segundo.

Se separó ligeramente de ella para quitarse el preservativo y subirse los pantalones. A continuación, la levantó en brazos y la llevó hacia las escaleras.

Lily se acurrucó contra su pecho y cerró los ojos, intentando no pensar que habían tenido sexo en su cocina, a plena luz del día, y que no sentía el menor remordimiento al respecto.

Lo hizo pasar por la primera puerta a la derecha y

él la llevó hasta la cama, bajo las sábanas, y se inclinó para besarla. Ella le echó los brazos al cuello cuando se dispuso a retirarse, temiendo que pudiera desaparecer y que todo no hubiera sido más que un sueño. Nick, su amante de ensueño. Era más fácil creer en una fantasía que en haberlo hecho desnudos en la cocina.

—Tengo que ir a mi casa a por una cosa —dijo él, sonriéndole.

—¿Otro preservativo?

—Quiero estar preparado...

—Hay una caja en el cuarto de baño. En el cajón de la derecha, al fondo. Mi hermana me los dio después de haberte visto.

—Recuérdame que le dé las gracias a tu hermana la próxima vez que venga de visita —dijo él con una sonrisa mientras se dirigía hacia el cuarto de baño.

—¡No tiene gracia! —le gritó Lily—. ¡No te atrevas a hacerlo, Nick!

Pero descubrió que Nick se atrevería a cualquier cosa.

Volvió al dormitorio como si estuviera en su propia casa, cerró los postigos para satisfacer su deseo de oscuridad y, con la lámpara de la mesilla encendida, la observó fijamente mientras él volvía a desnudarse.

Lily se ruborizó sin poder evitarlo. Era un hombre increíble. Alto, musculoso y bronceado, y con una expresión de seguridad y satisfacción en sus ojos oscuros.

Y la deseaba de nuevo. Su cuerpo no dejaba lugar a dudas.

A Lily se le aceleró la respiración y ansió volver a tocarlo por todas partes.

—¿Has visto suficiente? —le preguntó él al cabo de un momento.

—No.

—Oh, estaré encantado de dejar la luz encendida. Sólo intento darte lo que quieres, Lily.

Ella lo miró con irritación, porque Nick sabía que ya le había dado lo que quería y mucho más, y se disponía a volver a dárselo.

Pero ella también quería darle algo si pudiera, de modo que alargó el brazo para apagar la lámpara y, una vez a oscuras, encontró un muslo fuerte y musculoso.

Él dejó escapar una exhalación, pero no dijo nada más. Lily presionó la punta de la nariz contra el muslo y empezó a recorrerlo arriba y abajo. Lo mordisqueó ligeramente y se deleitó con su sabor.

—Lily... —murmuró él.

—¿Qué?

Se puso de rodillas en el borde de la cama y se abrazó a su cintura, apretando los pechos contra sus piernas. Lo besó en el pecho y luego echó la cabeza hacia atrás para recibir su beso.

Él la levantó de la cama, volvió a envolverse con sus piernas y le apretó las caderas mientras se frotaba contra ella.

—Hoy no tengo la paciencia necesaria —dijo, descendiendo con ella hacia la cama y acostándola de espaldas para colocarse encima—. Lo siento.

—¿Lo sientes? —repitió ella entre un beso y otro.

—Será mejor la próxima vez —prometió él.

Lily separó los muslos, ofreciéndole su cuerpo para que la tomara a su gusto, y un momento después él volvía a estar dentro de ella. Y esa vez fue aún mejor que la anterior, si tal cosa era posible. Era delicioso sentir el peso de Nick sobre ella, la fuerza y la tensión de sus músculos al avanzar y retroceder. Lily se aferró a él lo mejor que pudo, dejando que impusiera su propio ritmo. Empezó a gemir cuando las embestidas aumentaron a una velocidad frenética, y le clavó las uñas en la espalda cuando creyó que ya no podría recibir más.

Pero entonces abandonó todo resto de control o reserva y se entregó por completo a él y a las sensaciones que la colmaban, como si no existiera nada más que ellos dos y el placer que los fundía en un solo cuerpo.

Entonces lo oyó gemir al tiempo que la penetraba una vez más, sintió cómo se estremecía y palpitaba en su interior y ella lo siguió con una violenta convulsión que la dejó exhausta y profundamente satisfecha.

Él se desplomó sobre ella, respirando con dificultad, y por un largo rato permaneció inmóvil, intentando aferrarse a los últimos restos del placer. Lily también se hubiera aferrado a él, de haber tenido la fuerza necesaria. Lo único que podía hacer era quedarse allí tumbada, con los brazo inertes a ambos lados.

Poco a poco, Nick empezó a besarle el cuello, la oreja y la mejilla, aún jadeando por el esfuerzo. Con mucho cuidado se tumbó de costado y esperó un momento, antes de levantarse y dirigirse al cuarto de baño. Volvió poco después, se acostó junto a ella y la apretó contra él, y Lily se acurrucó a su lado y apoyó la cabeza en su pecho.

Él la besó en la frente, le dijo que descansara y todo se desvaneció a su alrededor.

Capítulo 11

LILY se despertó sumida en una lánguida y placentera sensación de calor y cansancio.

Estaba tan relajada como si se hubiera tomado alguna pastilla. Una pastilla fabulosa, desde luego. Rodó de costado en la cama, sintiendo la exquisita suavidad de las sábanas en la piel desnuda e irradiando felicidad por todos los poros.

—¿Lily? —oyó una voz profunda y masculina y sintió el áspero tacto de una mejilla contra la suya—. ¿A qué hora llegan las niñas a casa?

—¿Las niñas?

Debía de estar soñando, pues nunca se había sentido tan bien al despertar.

Entonces recordó a su amante de ensueño y a su amante real, Nick, tan seguro de sí mismo y tan eficaz y exhaustivo a la hora de conseguir lo que quería.

Como había hecho en su cocina... donde habían quedado sus ropas.

—¡Oh, Dios mío! —exclamó, abriendo los ojos de

golpe y mirando los dígitos iluminados del reloj despertador—. ¿Las tres y diez? —soltó un chillido y se levantó de un salto, pero entonces se dio cuenta de que estaba desnuda.

—¿Es grave? —preguntó Nick, incorporándose en la cama.

Lily se quedó boquiabierta por un momento, temiendo oír el inminente portazo y las pisadas en la escalera. Al no oír nada, miró a Nick y le espetó una orden frenéticamente.

—¡Baja a la cocina y tráeme la ropa! ¡Rápido!

Él se levantó sin rechistar y salió disparado hacia la puerta... completamente desnudo. Se detuvo en el umbral y se volvió para recoger sus vaqueros del suelo. Se los puso rápidamente y se los abrochó mientras salía por la puerta.

Mientras tanto, Lily sacó ropa interior del cajón y se puso los vaqueros del día anterior y una camiseta del cesto de la ropa sucia. Hizo la cama lo más rápido que pudo y bajó corriendo las escaleras. No sabía dónde habían dejado la ropa. Sólo recordaba que su sujetador había salido volando hacia el fregadero de la cocina.

Apenas había llegado al pie de la escalera cuando la puerta se abrió y las niñas irrumpieron en la casa como un vendaval, sin apenas prestarle atención a su madre salvo para lanzarle un saludo. Dejaron las mochilas y los zapatos en un rincón y corrieron hacia la cocina.

—¡Niñas! —las llamó Lily, y consiguió que se detuvieran y se giraran hacia ella.

—¿Estás bien, mamá? —preguntó Ginny.

—Pues claro. ¿Por qué lo preguntas?

—Tienes un aspecto muy raro —dijo la niña en tono suspicaz—. Con el pelo despeinado...

Lily se alisó los cabellos lo mejor que pudo, lamentándose por no haberse mirado al espejo.

—He estado trabajando mucho —dijo con una sonrisa nerviosa.

Entonces apareció Nick en la puerta de la cocina. Él también estaba despeinado, pero al menos iba enteramente vestido, gracias a Dios. Parecía confuso y desconcertado, sin saber qué hacer con las niñas en casa. ¿Habría encontrado su ropa interior, al menos?

—¿Y mi ropa interior? —le gesticuló con los labios.

—¿Qué? —preguntó Ginny al instante.

Nick negó con la cabeza y frunció el ceño. ¿Significaba que no la había encontrado o que no sabía lo que le estaba preguntando?

No había tiempo para averiguarlo. Le indicó la puerta con la cabeza y le hizo un gesto con la mano para que se marchara inmediatamente.

—¿Mamá? —la llamó Brittany, acercándose a agarrar la mano que Lily estaba agitando.

—Estoy bien, cariño. Es que... me muero de hambre —dijo, y se dio cuenta de que era cierto.

Se había saltado el almuerzo y había consumido un montón de calorías en la cocina y en la cama.

¿Cómo había podido hacer eso en su propia cocina? Nunca más podría volver a pisarla sin pensar en lo que Nick y ella habían hecho allí.

—Yo también tengo hambre —dijo Brittany.

—Y yo —añadió Ginny.

—Estupendo. ¿Qué tal si salimos a tomar una pizza? —sugirió Lily. De ninguna manera iba a entrar en la cocina en ese momento. Además, la pizza era una treta infalible para conseguir distraer a sus hijas en momentos delicados.

Como era de esperar, las niñas volvieron a ponerse rápidamente los zapatos y corrieron hacia la puerta. Y Lily las siguió, respirando aliviada.

De momento, estaba a salvo.

Después de la cena temprana en una pizzería, Lily consiguió que las niñas subieran a su habitación nada más llegar a casa. Estaba registrando frenéticamente la cocina en busca de su ropa interior cuando su hermana entró por la puerta trasera.

—¿Se puede saber qué te ha pasado hoy? —le preguntó Marcy, seguida de Stacy, su hija menor.

Lily se quedó de piedra, haciéndose esa misma pregunta. Todos sus años de vida doméstica no le servían para encontrar su ropa interior.

Tal vez Nick la había encontrado antes y se la había llevado consigo.

Abochornada sólo de pensarlo, se giró hacia el fregadero para intentar refrescar algo más que sus manos. Las niñas no sospechaban nada, pero a Marcy no se le pasaría nada por alto.

—Lo... lo siento —balbuceó—. ¿He hecho algo malo?

—Te olvidaste de mí, tía Lily —gritó Stacy al borde de las lágrimas.

—¡Oh, no! —exclamó, recordándolo todo—. Lo siento, cariño... Hoy ibas a venir aquí después del colegio, ¿verdad?

Stacy asintió. Por su cara parecía haberse quedado huérfana, en vez de haberse perdido una tarde de juegos en casa de su tía mientras su madre iba al dentista.

—Tuve que irme a casa con Angelica, y ella no me gusta —dijo Stacy en su tono más acusatorio—. Y su madre dice que eres una irre.... irre....

—¿Irresponsable? —sugirió Lily. La niña asintió con vehemencia—. Tiene razón. Lo siento mucho, Stacy. Se me olvidó por completo. Estuve trabajando en el friso del comedor y perdí la noción del tiempo. Y luego las niñas y yo salimos a tomar una pizza.

—¿Pizza? —repitió Stacy tristemente.

«Genial», pensó Lily. Lo acababa de empeorar todo aún más.

—La tía Lily encontrará la manera de compensarte, Stacy —dijo Marcy—. Mientras tanto, ¿por qué no vas arriba a jugar con Brittany?

—Está bien —aceptó Stacy, aunque su mirada le advirtió a Lily que esperaba una compensación por todo lo alto.

Lily había acabado de lavarse las manos y se las estaba secando con una meticulosidad excesiva, preguntándose si el rubor de sus mejillas se debía al escozor por la barba incipiente de Nick y si éste le había dejado una marca en el cuello.

Pero Marcy no necesitaba pruebas tan evidentes para hacerse una idea de lo ocurrido.

—¿Qué has hecho esta tarde, Lily? —le preguntó con un brillo en los ojos.

—Nada —respondió ella—. Quiero decir... He estado trabajando. Tenía mucho que hacer.

—Yo diría más bien que alguien... te ha trabajado a ti —observó Marcy.

«A fondo», pensó Lily, intentando que no se le notase en la cara.

—Finalmente lo ha conseguido, ¿eh? —preguntó su hermana con una sonrisa de oreja a oreja.

—Marcy... en serio...

Marcy se acercó a ella como si quisiera arrinconarla.

—Se me olvidó lo de Stacy. Lo siento mucho. Pero no es nada...

Y entonces Marcy alargó el brazo sobre la cabeza de Lily y recogió el sujetador rosa de lo alto de la nevera.

—¿Buscabas esto? —le preguntó, con la prenda de encaje colgando de su mano.

Lily se la arrebató rápidamente y se la metió en el bolsillo, pero no tenía bolsillos en el pantalón, de modo que la guardó en un cajón.

—¿Te quitó el sujetador en la cocina? —preguntó Marcy, riendo.

—Hizo todo lo que quiso en la cocina —respondió Lily, decidiendo que era mejor contar la verdad.

Al menos tuvo la satisfacción de ver la expresión de absoluta incredulidad que puso Marcy.

—No me lo creo.

—Como quieras. No hizo nada.

—No, espera —insistió Marcy—. Quiero saberlo todo. Soy tu hermana y llevo acostándome con el mismo hombre durante veinte años. Necesito saber cómo ha sido... por favor, Lily. ¿Ha estado bien?

Lily asintió. No sabía cómo relatar aquella locura descontrolada.

Marcy ahogó un gemido en la garganta y se apoyó en la encimera.

—Bueno... Si no puedo ser yo, me alegro de que hayas sido tú, cariño. Te lo mereces.

—No sé cómo manejar una relación de este tipo —dijo Lily—. Si es que puede llamarse relación...

—Ni idea. Puedo preguntárselo a mi vecina. Sus hijos veinteañeros sabrán cómo llamarlo.

—¿Y qué vamos a hacer a partir de ahora?

—Lo que vosotros queráis —respondió Marcy—. Pero espera, antes de que se nos olvide... ¿Has encontrado tus braguitas? ¿O tenemos que buscarlas antes de que bajen las niñas?

—¿Qué has hecho hoy? —preguntó Jake aquella noche, mientras él y Nick cenaban comida china.

—¿A qué te refieres? —replicó Nick, intentando parecer completamente inocente.

—Pareces... —Jake se metió un gran pedazo de pollo y siguió hablando con la boca llena— no sé... muy contento.

Nick se apresuró a tomar el último trozo de carne antes de que Jake se lo tragara todo.

—No he hecho nada —mintió entre dientes—. Hacía un día muy bueno. Soleado... agradable...

Jake lo miró como si no se creyera una palabra, y Nick se palpó el bolsillo de los vaqueros donde tenía las braguitas rosas de Lily. Había escondido la camiseta, los vaqueros y el sujetador sobre el frigorífico, pensando que allí no podrían encontrarlos las niñas. Pero le había resultado más difícil encontrar las braguitas, y cuando finalmente las localizó las niñas ya habían entrado en casa, por lo que no le quedó más remedio que guardárselas en el bolsillo.

Intentó adoptar una actitud hosca y huraña y le dijo a Jake que tenía que sacar la basura y limpiar su habitación. Jake se encogió de hombros, como si no se dejara engañar, y llevó su plato y su vaso al fregadero. Se disponía a subir a su habitación a hacer los deberes cuando sonó el teléfono. Nick se dio más prisas de las habituales en responder, lo que también llamó la atención de Jake.

—¿Diga? —seguramente le salió un tono demasiado esperanzado, pensando que podía ser Lily.

—Nick, al fin te encuentro —dijo una voz nada contenta.

—Hola, Joan.

Jake puso una mueca. Joan era la hermana mayor de su padre, y la pariente que más se oponía a que Nick se hiciera cargo de su custodia.

—Si no te conociera, pensaría que estás ignorando mis llamadas —dijo ella en tono acusatorio.

—Jake está bien —dijo Nick—. De hecho, está aquí mismo...

Jake estaba sacudiendo la cabeza como un poseído, gesticulando amenazas a su tío si éste se atrevía a pasarle el teléfono.

—No he llamado para hablar con Jake, sino para hablar contigo —dijo Joan.

Nick le hizo un gesto a Jake, diciéndole que se había librado por esa vez y que subiera a su habitación, e intentó armarse de paciencia para hablar con Joan.

—¿Sigues decidido a hacerte cargo de los chicos? —le preguntó ella.

—No ha cambiado nada, Joan. Seguimos aquí y estamos bien. No tienes que preocuparte por nada —insistió Nick, preguntándose cómo había podido soportar su hermana a su cuñada. Joan era la típica entrometida que creía saberlo todo, incluyendo la mejor educación para los adolescentes.

Jake huía de ella como si de una plaga se tratara, y no le faltaban motivos. Nick casi podía percibir su hostilidad al otro lado de la línea.

—Muy bien. Ya veremos si dentro de unos meses sigues pensando lo mismo —dijo Joan—. Te llamo por lo siguiente... Creo que es muy importante que los chicos pasen el Día de Acción de Gracias con su familia. Se me ocurrió que quizá podría cocinar y servir la comida en su casa.

Lo primero que pensó Nick fue que preferiría comer delante del televisor mientras veía un partido de fútbol, y sospechaba que Jake secundaría su plan. Nick había pasado Acción de Gracias con ellos haciendo precisamente eso, hasta que su hermana los apartaba del televisor para comer en el salón.

Joan se habría puesto echa una furia, pero su hermana vivía en una casa llena de hombres y entendía que quisieran pasar el tiempo viendo la televisión y jugando al fútbol en el jardín.

—¿Y bien? —lo acució Joan.

—Lo pensaré —respondió Nick—. Les preguntaré a los chicos qué quieren hacer y te lo haré saber.

Cortó la llamada lo más rápido que pudo y maldijo en voz alta. Intentaba no hacerlo delante de Jake, pero cuando se dio la vuelta vio al muchacho con expresión preocupada.

—Sigue intentando que renuncies a la custodia, ¿verdad?

—No —dijo Nick, satisfecho al ver que Jake quería quedarse con él—. Quiere que pasemos Acción de Gracias con ella.

—¡Oh, no! —exclamó Jake—. No nos dejaría ver un partido en la tele.

Nick se encogió de hombros.

—Intentaré ser más diplomático que tú cuando rechace su invitación.

—Estaba pensando que podríamos pasar Acción de Gracias con Lily. ¿Crees que nos invitará?

—No lo sé. Puede que tenga planes con su familia. Su hermana vive a media hora de aquí.

—Apuesto a que Lily cocina como nadie en Acción de Gracias.

Aquel comentario hizo que Nick se imaginara a Lily en la cocina... haciendo otras cosas aparte de cocinar. Cosas que no debería estar imaginándose delante de Jake.

—Tienes que hacer los deberes —le recordó al muchacho—. Vamos.

Y Jake se marchó.

Nick estuvo ordenando las facturas y el papeleo pendiente, mientras veía cómo las luces de casa de Lily iban apagándose una por una. Hasta que finalmente la vio entrar en la cocina.

Eso significaba que ya había acostado a las niñas, de modo que cruzó el jardín y llamó a su puerta. Ella lo miró a través del cristal por un momento, antes de abrir. Parecía dubitativa y avergonzada.

—No sabía si me dejarías pasar —dijo él.

Ella se puso colorada y desvió la mirada, mordiéndose los labios, y Nick se echó a reír, sintiéndose más feliz y dichoso que nunca. Se metió la mano en el bolsillo y sacó un extremo de las braguitas.

—Lo puse todo en el armario que hay sobre la nevera.

—No, todo no. El sujetador se quedó fuera. Mi hermana lo encontró.

—Oh... Lo siento. Creí haberlo escondido todo, pero todo sucedió demasiado rápido.

¿Estaba furiosa o sólo avergonzada? Era imposible saberlo.

—No quería contarle nada a Marcy, pero me resultó imposible con el sujetador como prueba —dijo ella—. La has conocido. Ya sabes cómo es...

Seguía sin mirarlo a los ojos, pero él no iba a permitir que se escabullera. Se acercó un paso más y la arrinconó contra la encimera, sujetándola entre sus brazos, aunque sin llegar a tocarla.

—¿Estás enfadada, Lily?

—No —dijo ella, mirando al suelo.

—¿Crees que te obligué a hacer algo para lo que no estabas preparada?

—No.

—¿Algo que no querías?

—Viendo lo sucedido, no creo que haya ninguna duda sobre el deseo que siento por ti.

Sí... Nick lo sabía, pero necesitaba oírlo de sus labios.

—¿Y qué deseas ahora? —le preguntó, porque también necesitaba saber qué sería lo siguiente.

—Las niñas están arriba.

—Lo sé. Pero no siempre estarán en casa —dijo él, observando cómo tomaba y expulsaba el aire y deseando cubrir la escasa distancia que los separaba. Era una mujer fascinante. Tranquila y discreta de cara al exterior, pero con una sexualidad y una pasión ocultas que lo habían dejado anonadado.

—No, no siempre estarán en casa —corroboró ella.

—Pero yo sí podría venir siempre que quisieras... y para lo que tú quieras.

Lily soltó una risa nerviosa.

—Vaya, un hombre a mi servicio y entera disposición. Eso sí que es ideal.

Nick también se rió, pero ella lo hizo callar poniéndole un dedo en los labios

—Las niñas aún no se han dormido, y no quiero que sepan nada de esto.

—De acuerdo. Lo siento —se disculpó él—. Y ahora bésame si quieres recuperar tus braguitas.

Lily lo rodeó con los brazos y se entregó a él con el mismo anhelo, pasión y dulzura que le había demostrado aquella mañana.

Al cabo de unos momentos, Nick consiguió apartarse. Le entregó las braguitas y se marchó, convencido de que aquella noche soñaría con ella.

Capítulo 12

POR desgracia soñar con ella no fue suficiente. Al día siguiente era sábado y el ex marido de Lily volvió a olvidarse de sus hijas. Se las llevó el domingo, pero Jake siempre parecía estar al acecho.

De modo que Nick tuvo que esperar hasta el lunes por la mañana, cuando las hijas de Lily se marcharon al colegio y Jake al instituto. Se tomó una taza de café y esperó un poco más, intentando no parecer tan desesperado como se sentía.

Veinte minutos después, se presentó en su casa y la encontró pintando la madera que usaría para el friso. Ella levantó la mirada hacia él, con una brocha en la mano y una mancha de pintura blanca en la nariz.

—No recuerdo haberte llamado.

—Bueno... puede que me hubieras llamado y no me hubiese enterado —bromeó él.

—¿Así que has venido para asegurarte de que no te he llamado?

—Y luego... se me ocurrió una idea.

—Nick, tengo que acabar esto.

—Lo sé. Pero no se me da mal el bricolaje, y estaba pensando en echarte una mano. Entre los dos acabaríamos mucho antes, y tendríamos la tarde libre para... lo que tú quieras.

—¿Para lo que yo quiera?

—Espero que sea lo mismo que quiero yo...

—¿Crees que voy a pasarme todas las tardes contigo en la cama? —preguntó ella, como si fuese una idea absurda.

—Nunca hay que perder la esperanza...

Ella se echó a reír y blandió la brocha empapada de pintura delante de él.

—Si piensas que puedes venir aquí y hacerme olvidar todo lo que tengo que hacer...

Él le arrebató la brocha con una mano y la sujetó con el otro brazo, sosteniendo el arma fuera de su alcance.

—Nick...

—No me hagas usar esto —la amenazó él, apuntándola con la brocha.

—Lo digo en serio. Tengo que trabajar —intentó apartarlo, pero él no la soltó—. Tengo que reformar esta casa y venderla para sacar algún beneficio. Necesito el dinero para cuidar a mis hijas...

—Hagamos un trato.

—¿Un trato? ¿Tengo que negociar por...?

—Por tiempo, cariño. Tenemos que organizarnos para hacer durante el día lo que ambos queremos, ya que por la noche es imposible.

—Suena razonable.

—Soy un hombre razonable.

Ella volvió a reírse y él la acercó a sus labios para besarla. Tuvo que recordarse a sí mismo que estaban en el garaje, con la puerta abierta, y que no eran ni las diez de la mañana.

—De acuerdo —aceptó ella cuando él dejó de besarla—. Hagamos un trato.

—Bien. ¿Qué tienes que acabar hoy? —le preguntó, y Lily le enumeró la lista—. Muy bien. Una vez que hayamos acabado con todo eso, tendremos el resto del día para nosotros, ¿trato hecho?

—Trato hecho.

A las doce y media estarían en la cama, y las niñas no volvían a casa hasta las tres. Sería una manera bastante satisfactoria de pasar el tiempo.

La vida de Lily estaba en plena decadencia.

Se pasaba unas pocas horas al día trabajando en la casa con Nick, y unas cuantas horas acostándose con él.

Una mañana fue a la tienda de lencería y se compró un conjunto nuevo de ropa interior. Cuando Nick lo descubrió, intentó arrancarle la promesa de que le permitiese acompañarla a la tienda la próxima vez, y así poder ayudarla con la selección. Ella se negó rotundamente, y él empezó a enviarle la ropa interior por correo, envuelta en papel marrón. Lily se moría de vergüenza cada vez que iba al buzón, convencida de que sus vecinas se olían algo.

Nick siempre conseguía que se olvidara de sus tareas y que se saltaran el almuerzo, por lo que los dos estaban muertos de hambre cuando las niñas volvían a casa. Lily adquirió la costumbre de preparar una comida a las tres, lo que extrañó a las niñas y a Jake, aunque nadie protestó. Tampoco entendieron por qué volvía a darles de comer a las ocho, pero no pareció importarles.

Richard le preguntó algo sobre el cambio de horario de las comidas, y ella se imaginó la cara que pondría si le confesara que el motivo era pasar más tiempo con nuevo amante. No tuvo el valor de decírselo, pero la expresión de su rostro hablaba por sí sola.

—¿Estás viendo a alguien? —le preguntó él después de meter a las niñas en el coche, en una de esas raras ocasiones que cumplía con sus obligaciones de padre.

—Veo a mucha gente —respondió ella. «Pero sólo me acuesto con un hombre que es todo lo opuesto a ti».

En las reuniones de vecinos, todo el mundo la bombardeaba a preguntas sobre la vida amorosa de Nick, pero ella se limitaba a sonreír y a decir que no sabía nada, salvo que era un hombre encantador, al igual que su sobrino. Y no podía ir al supermercado sin que alguien le dijera que debía de haber algo jugoso entre Nick y Audrey Graham.

Pobre Audrey... Lily sentía lástima por ella, pues se estaba perdiendo una maravillosa experiencia.

Nunca había guardado un secreto más delicioso ni había llenado el tiempo de manera más placentera. Una parte de ella sabía que aquello no podía durar. Sabía que Nick albergaba serias dudas sobre sus cualidades para ser el padre que Jake necesitaba, y que Jake tenía una tía, Joan, que estaba aún más convencida de que Nick no era el tutor más indicado para los chicos. Sabía que Nick echaba de menos su trabajo en Washington y que sólo estaba allí porque sentía que así se lo debía a su hermana, no por Lily.

Y sin embargo, otra parte de ella se estaba enamorando de él y deseaba todo lo que Nick nunca le había prometido. Todo lo que él nunca había querido de una mujer. Pero se esforzaba al máximo para no pensar en eso e intentaba vivir el momento, sobre todo cuando estaban a solas.

Las semanas pasaron y llegó Halloween. Lily se disfrazó como una hippie de los años setenta y Brittany le dijo a Nick que si quería jugar al truco o trato con ellas, él también tenía que disfrazarse. Se puso un impecable traje negro y unas gafas de sol, se sujetó la placa a la pechera y le dijo a Brittany que era un agente del FBI. La niña no le prestó mucha atención, hasta que él se sacó unas esposas del bolsillo.

Al día siguiente consiguió convencer a Lily para esposarla a la cama. La provocó diciéndole que no tendría agallas para hacerlo y luego se aprovechó de ella por completo.

El día de Acción de Gracias estaba a la vuelta de la esquina. Jake estaba entusiasmado por ver a sus hermanos, que venían de la universidad. Por su parte, Nick no quería ni imaginarse el escándalo que reinaría en casa o la cantidad de comida que consumirían los tres jóvenes, y Lily supuso que no podría verlo durante cinco largos días, lo que le parecía una eternidad.

¿Cómo había podido vivir sin él toda su vida? Con Richard jamás había sentido un placer semejante, ni siquiera en los primeros días de su relación.

Nick era exigente y generoso por igual, paciente cuando debía serlo e impaciente cuando era necesario. Siempre prestaba atención a los detalles más sutiles, aprendiendo todo lo que a ella le gustaba y cómo le gustaba, y enseñándole lo que quería exactamente de ella y cuándo. Podía ser alocado y divertido, o ejercer la clase de autocontrol que a ella le volvía loca.

Lily se compadecía de todas las mujeres que nunca podrían tenerlo como amante, pero no estaba dispuesto a compartirlo con nadie.

Una tarde de noviembre Jake abrió la puerta y se encontró con la madre de Andie, quien le dedicó una radiante y una sonrisa extraña.

—Señora Graham... Hola.

De pie en el umbral, sobre unos tacones ridículamente altos, con una minifalda negra y un top escota-
do, parecía estar ofreciendo sus pechos para el placer
visual del espectador. Jake intentó no mirar.

—Hola —respondió ella en voz cálida y sensual, y
entró en el salón sin ser invitada—. Hazme un favor,
cariño. Dile a Phillip que estoy aquí.

—¿Phillip? ¿Quién es Phillip?

Ella soltó una carcajada tentadora.

—Ya sabes... Phillip. No me espera, pero siempre
se alegra de verme.

Jake cerró la puerta y la siguió por la casa mientras
ella llamaba a alguien llamado Phillip.

—Señora Graham, creo que se ha equivocado de
casa —había estado allí tres o cuatro veces, coquetean-
do con su tío. ¿Cómo era posible que se hubiera olvidado de ellos y de su casa?

Ella se dirigió hacia las escaleras, tropezó en el segundo escalón y casi perdió el equilibrio. Jake la agarró a tiempo y la ayudó a sentarse en el peldaño. Al
hacerlo, recibió una bocanada de su aliento y supo que
había estado bebiendo... ¿A las cuatro de la tarde?

—Estoy bien —dijo ella—. Y no voy a marcharme
hasta que consiga verlo.

—De acuerdo —respondió Jake—. No está aquí,
pero puedo llamarlo y decirle que venga a casa.

Le pareció la opción más sensata, salvo que fue
Andie a quien llamó. Sabía su número de memoria
porque había pensado en llamarla un millón de veces,
pero nunca se había atrevido.

Andie respondió al primer toque. Parecía ansiosa y
preocupada, y Jake recordó las dos veces que la había
visto frente a su casa. ¿Sería aquél el problema? ¿Una
madre alcohólica y errática?

—¿Andie? Soy Jake. Jake Elliott.

—¿Quién?

—Tu vecino. Dos calles más abajo. Vamos al mismo instituto —explicó, intentando ignorar la humillación de ser un completo desconocido para ella.

—Ah, sí... No puedo hablar ahora. Estoy muy ocupada. Lo siento —se disculpó, y colgó antes de que Jake pudiera decir nada más.

—Genial —masculló él, y colgó el teléfono para volver a marcar el número.

—Oye —dijo ella al responder—. Ya te lo he dicho. Tengo que ocuparme de algo. No puedo hablar contigo ahora. Adiós.

Jake maldijo en voz baja y colgó. Tendría que ocuparse él mismo de llevar a su madre a casa.

Entonces se dio cuenta de que había desaparecido.

—¿Señora Graham? —la llamó, buscándola por toda la planta baja.

La encontró en la cocina, con una botella de whisky que su tío guardaba al fondo de la despensa y que sabía a rayos. Jake lo sabía porque casi había vomitado al probar un sorbo.

La señora Graham encontró un vaso y se sirvió un trago. Jake intentó arrebatarle la botella, pero ella no cedió y el whisky del vaso se derramó en la camisa de Jake. Ella dejó caer el vaso, que se hizo añicos al impactar en el suelo.

—Ups —exclamó, riendo.

Era peor que los idiotas de sus amigos cuando se emborrachaban, pensó Jake.

La agarró con fuerza, temiendo que diera un traspié sobre los cristales rotos y se cortara.

—Tenga cuidado... ¿Por qué no se sienta en la encimera mientras recojo los cristales? Luego la llevaré a casa.

—Ayúdame —le pidió, tendiéndole los brazos.

Jake le puso las manos en la cintura y la levantó sin problemas, pero entonces ella se agarró con fuerza y se resistió a soltarlo.

—Eres un chico tan guapo... —dijo, revolviéndole el pelo con una mano.

Jake cerró los ojos e intentó recordar que aquella mujer tenía edad suficiente para ser su madre, que además era la madre de Andie y estaba bebida. Intentó no fijarse en sus piernas, porque las piernas de una mujer bastaban para derretir su cerebro masculino. Tenía que ser fuerte y sacarla de allí.

—Tengo que llamar a Phill —le recordó—. ¿Tienes un teléfono a mano?

Ella sacó un móvil de su falda ajustada y se lo dio. Jake buscó rápidamente el número de Andie en la lista de contactos y la llamó.

—¡Mamá! —respondió ella—. ¿Dónde estás? Te he buscado por todas partes. ¿Estás bien?

—Está en mi casa —dijo Jake.

Al principio hubo un silencio sepulcral al otro lado del teléfono.

—¿Qué? —preguntó Andie con voz muy débil.

—Soy Jake Elliot. Cree que alguien llamado Phillip vive en mi casa, y no consigo hacerle entender que se ha equivocado. Parece que ha estado bebiendo —esperó, pero no recibió respuesta—. Lo siento. Pensé que tal vez a ti sí te escucharía. No sabía qué más hacer.

Oyó que Andie murmuraba algo para sí misma.

—Voy enseguida —dijo finalmente—. No dejes que se vaya a ninguna parte.

—De acuerdo —respondió él. Colgó y volvió a mirar a la señora Graham, que le sonreía descaradamente mientras jugueteaba con su top.

Andie no tardó en llegar, y la expresión de su rostro al ver a su madre... revolviéndole el pelo a Jake y alabándole sus músculos... lo dijo todo. La agarró de la mano y tiró de ella.

—Vamos, mamá. Tenemos que irnos a casa.

Su madre se balanceó sobre sus tacones.

—¿Dónde está Phillip?

Andie miró desconcertada a Jake.

—Todo este tiempo he pensado que estaba con tu tío.

¿Todo ese tiempo? Jake se encogió de hombros, sin saber qué decir.

—¿Phillip? Debe de ser... Oh, no... Phillip Wrencher. Vive en la casa que hay detrás de la tuya. Puede que se haya colado en tu jardín para entrar en el suyo... Mamá, está casado.

Su madre estaba mirando a Jake y haciéndole un guiño. Andie puso una mueca de desesperación y miró a Jake con expresión suplicante.

—Supongo que... no hablarás con nadie de esto, ¿verdad?

—Descuida. ¿Quieres que te ayude a llevarla a casa?

—No, no es necesario. Siento lo ocurrido.

Jake se encogió de hombros.

—No pasa nada. Yo me encargo de limpiarlo todo. Siento lo de... tu madre.

Por un momento pareció que Andie iba a echarse a llorar, pero entonces agarró a su madre de la mano y la sacó de allí.

Jake aún estaba limpiando la cocina cuando su tío llegó a casa.

Nick se sorprendió a sí mismo silbando de camino de casa de Lily a la suya.

146

Silbando... Una canción de la que no recordaba el autor ni la letra... Algo sobre una larga espera que acababa en un día perfecto.

Se pasó la mano por la mandíbula y sintió el escozor de la barba incipiente. Si seguían a aquel ritmo tendría que empezar a afeitarse dos veces al día para no lastimar la suave piel de Lily. No quería hacerle el menor daño. Ya sufría él bastante, teniendo que abandonarla antes de que llegaran las niñas a casa, y luego esperando a solas en su propia cama hasta que pudieran volver a encontrarse.

Abrió la puerta y entró en la cocina, siendo recibido por un fuerte hedor a alcohol. Vio a Jake con una escoba, intentando recoger los cristales rotos esparcidos por el suelo.

Qué demonios...

Jake se quedó de piedra, con la escoba y el recogedor lleno de cristales y el cubo de basura abierto. Era evidente que llevaba un rato barriendo.

—Hola —lo saludó tímidamente.

—Jake... —dijo Nick, intentando no gritar—. ¿Qué ha pasado aquí?

—No es lo que parece. Te lo prometo.

—¿Ah no?

—Puedo explicártelo —echó los cristales al cubo de basura y permaneció inmóvil. Parecía más angustiado a cada instante—. Bueno... te lo explicaría, si pudiera.

—Oh, claro que vas a explicármelo —dijo Nick. Le quitó la escoba y el recogedor y lo llevó al salón—. Siéntate.

Jake permaneció de pie.

—He prometido que no diría nada. Pero... no he sido yo. No estaba bebiendo, te lo juro.

Nick le agarró la camisa, empapada, y la olió.

—Apestas a whisky.

—Lo sé, pero no he bebido. Intentaba impedir que lo hiciera ella...

—¿Ella? ¿Tenías a una chica aquí, bebiendo? —aquella posibilidad lo golpeó como un puñetazo en el estómago—. ¿Qué demonios has estado haciendo mientras yo estaba fuera?

—Nada. Ya te lo he dicho. Lo único que hice fue intentar detenerla...

—Oh, claro. No has bebido nada, aunque apestes a alcohol, pero has invitado a una chica a casa que quería beber y sólo intentabas detenerla... ¿Ésa es tu historia?

—No.

—Bien, ya nos vamos entendiendo...

—No he invitado a ninguna chica a casa. Apareció sin más.

Nick maldijo entre dientes, deseando sacudir al chico para hacerlo confesar. La verdad podía ser mucho peor de lo que se imaginaba... ¿Jake y una chica bebiendo en casa y haciendo Dios sabe qué a escondidas? ¿Cómo era posible que no se hubiera dado cuenta de nada?

—Vamos a ver... —dijo, mirándolo fijamente a los ojos y confiando en que el temor que sentía se reflejara en forma de enojo—. ¿Había una chica aquí...?

—Bueno, no era realmente una chica.

—¿Que no era realmente una chica? —repitió Nick, más irritado por momentos—. ¿Y qué era? ¿Medio chica y medio qué?

—No, quiero decir que no era una chica de mi edad.

—¿Me estás diciendo que tienes una relación con una mujer lo bastante mayor para beber?

—¡No! No lo entiendes —gritó Jake. Parecía a punto de echarse a llorar—. ¡Creía que confiabas en mí! ¡Creía que todo iba a ir bien!

—Yo también lo creía —replicó Nick—. Y ahora dime, ¿qué demonios has hecho?

—¡He bebido! —exclamó—. Si es eso lo que quieres creer, adelante. Me he emborrachado, estaba intentando limpiarlo todo antes de que vinieras y me has pillado. Fin de la historia.

Se dirigió hacia la puerta como si no hubiera más que hablar, pero Nick lo agarró del brazo. Jake se retorció con más fuerza de la que Nick esperaba, obligándolo a emplearse a fondo para sujetarlo.

—Te lo juro por Dios, Jake, si no me dices...

—Ya lo te lo he dicho —chilló Jake—. Suéltame.

Nick estaba furioso, asustado y decidido a impedir que se marchara, pero tampoco quería hacerle daño. Siguieron forcejeando y entonces Nick resbaló con el whisky y los cristales rotos que cubrían el suelo. Perdió el equilibrio y cayó de espaldas, y Jake aprovechó para salir corriendo.

Capítulo 13

AL levantarse del suelo, se quitó la camisa, que olía tan mal como la de Jake, y limpió a fondo la cocina mientras intentaba calmarse.

A continuación llamó al móvil de Jake, y el pánico lo invadió cuando saltó su buzón de voz.

—¡Jake, vuelve aquí inmediatamente! —dijo en tono severo, pero enseguida se arrepintió y volvió a llamar para dejar otro mensaje más tranquilo—. Vamos a hablar de esto, ¿de acuerdo? Vamos a tranquilizarnos y a solucionar esto. No puedes... no puedes irte así, Jake. No puedes.

Había trabajado en la unidad de desaparecidos durante año y medio, y había visto a muchos chicos metiéndose en serios problemas tras huir de casa. Y nunca volvían.

Seguramente estaba exagerando, pero tenía miedo.

Sacó una hoja con los nombres y números de teléfono de los amigos de Jake y llamó a los tres primeros de la lista. Todos ellos le juraron que no habían visto a Jake ni sabían dónde estaba.

Entonces pensó en Lily y fue rápidamente a su casa. El chico adoraba a Lily, después de todo.

—¿Qué ocurre? —preguntó ella, mirándolo asustada por los fuertes golpes que dio a la puerta.

—Jake se ha ido. Tuvimos una discusión y se ha marchado. Tenía la esperanza de que estuviera aquí.

—No, no lo he visto. ¿Por qué habéis discutido?

—Lo he fastidiado todo, Lily. Volví a casa y lo encontré apestando a alcohol. Él intentó explicarme que todo era un malentendido. Se puso furioso cuando no lo creí y salió corriendo.

—De acuerdo —dijo ella, poniéndole las manos en los brazos—. Intenta calmarte. Los jóvenes tienden a dramatizarlo todo en exceso. Seguramente necesita un poco de tiempo para tranquilizarse antes de volver a casa, y entonces podréis resolver esto.

—¿Y si no vuelve? —preguntó Nick, expresando su mayor temor.

—Pues claro que volverá. No es estúpido, sólo está furioso.

Nick intentó respirar hondo para calmarse. Lily le sonrió, como si sus preocupaciones fueran absurdas, y lo rodeó con sus brazos. Se sentía ridículo por necesitar que alguien lo consolara, pero aun así la apretó con fuerza contra él.

—Es terrible, lo sé —dijo ella—. Quieres tanto a tus hijos que no puedes imaginarte querer a nadie más, pero a veces descubres que no puedes hacer nada por protegerlos. Es una sensación aterradora.

Nick se apoyó en la pared, asimilando las palabras lo mejor que podía.

¿Quería a Jake? Por supuesto que sí. Era un buen chico con el que había jugado al fútbol y a algún que otro videojuego cuando estaba en casa de su hermana. Nada más.

Pero Lily se refería a algo completamente distinto.

Lily estaba hablando de amor. La clase de amor incondicional que llevaba a un padre a hacer lo que fuera por su hijo, pero que Nick nunca había creído experimentar por sí mismo.

¿Quería a Jake de esa manera?

—Nick, no pensabas que podrías hacerte cargo de Jake sin vivir situaciones como ésta, ¿verdad?

—No... No pensé en nada. Todo sucedió muy rápido. Alguien tenía que ocuparse de ellos tras morir sus padres. Es lo que mi hermana hubiese querido, y aquí estamos.

Lily asintió, sonriendo, como si todo tuviera sentido para ella.

—Bienvenido a la paternidad. A veces es realmente dura.

—El chico se ha ido —gritó él—. No sé dónde está. No sé qué hacer...

Lily le puso una mano en la boca, intentando acallarlo y tranquilizarlo al mismo tiempo, cuando todo lo que él quería era gritar. ¿Por qué ella no podía entenderlo?

—Lo sé —dijo Lily.

—Entonces dime qué debo hacer. Dime cómo arreglar esto, porque yo no tengo ni idea...

—¡Mamá! —la voz de Ginny los interrumpió, y ambos se separaron bruscamente—. ¿Estáis discutiendo por Jake? —les preguntó la niña, mirándolos con extrañeza.

—No... No estamos discutiendo. Jake se ha marchado y su tío está preocupado por él. Eso es todo.

—Parecía que estabais discutiendo —insistió Ginny.

—Lo siento —dijo Nick—. Es cierto. Estaba gritando, pero no estoy enfadado con tu madre. Sólo estoy... asustado, y cuando me asusto, grito.

Ginny frunció el ceño, como si no estuviera muy convencida, pero al final aceptó la explicación.

—Está bien. Pero no vuelvas a hacerlo. Has asustado a Brittany —entonces mostró el teléfono inalámbrico que llevaba en la mano—. Es Jake.

Nick intentó agarrarlo, pero Ginny se lo puso detrás de la espalda.

—Quiere hablar con mamá. Dice que ha oído tus gritos y quiere que dejes de gritar enseguida.

Ginny le dio el teléfono a su madre después de haberle bajado los humos a Nick, y éste apoyó las manos en la encimera y miró por la ventana. Lily tenía abiertas las ventanas de la cocina, lo que significaba que, para haber oído sus gritos, Jake debía de estar escondido en la casa o en los jardines.

Nick intentó convencerse de que el chico estaba a salvo y que la crisis se había superado, pero no consiguió tranquilizarse.

—Está en la casa del árbol —anunció Lily, bajando el teléfono—. Voy a hablar con él.

—No. Esto es cosa mía. Yo hablaré con él.

—Nick, confía en mí, ¿de acuerdo? No estás preparado para arreglar esto, y él no quiere hablar contigo en estos momentos. Lo que haya pasado no tiene que resolverse esta misma noche. Jake está bien. Se encuentra a salvo y yo me ocuparé de que no vaya a ninguna parte.

—Pero...

—Ya sé. Quieres ir a por él y zanjar el asunto ahora mismo. Pero es mejor que esperes a mañana, cuando ambos estéis más calmados y podáis ver esto desde otra perspectiva.

Nick se sentía como si su cuerpo fuera un motor a

cien mil revoluciones por minuto, y lo que más necesitaba era ver a Jake y solucionarlo todo en ese preciso momento. Pero al mismo tiempo se sentía tan blando y debilitado como un fideo, invadido por un alivio que consumía sus fuerzas.

Respiró hondo una y otra vez, pero no le sirvió de nada. Había querido hacer las cosas bien, por su hermana y por Jake, pero no había conseguido estar a la altura de las circunstancias.

—Quédate aquí hasta que yo vuelva, ¿de acuerdo? —le dijo Lily.

—De acuerdo —concedió él finalmente.

La vio atravesar el jardín y subir por la escalera de mano hasta la cabaña. Se había imaginado al chico haciendo autostop hasta Alaska o algo así, y lo más lejos que había llegado había sido a la casa del árbol del jardín vecino.

—Los mayores son muy raros —dijo Ginny, mirándolo con expresión de disgusto.

—¿En serio?

Ginny asintió y lo tomó de la mano.

—Vamos. Tienes que hablar con Brittany. Le gustas mucho por haber construido su ridícula casa en el árbol, pero la has asustado por gritarle a mamá. Tienes que decirle que lo sientes y que parezca que tus disculpas son sinceras.

—Son sinceras —insistió Nick. No tenía derecho a volcar sus miedos ni su furia en Lily, y nunca había sido su intención asustar a las niñas.

—Tú intenta que Brittany se lo crea —dijo Ginny, como si ella no pudiera creerse sus disculpas, pero confiara en que su hermana sí lo hiciera.

Jake nunca se había sentido más desgraciado, ni si-

quiera el día que sus padres murieron en el accidente.
Porque en aquella ocasión su tío le había asegurado
que se ocuparía de todo, y Jake lo había creído.

Luego descubrió que sus padres habían dispuesto
que, en el caso de que algo les ocurriese, fuera Nick
quien se hiciera cargo de él. Sería una situación muy
dura, pero al menos tendría a su tío.

Pero ahora no tenía a sus padres y tampoco podía
contar con su tío. No tenía a nadie que lo creyera, a
nadie que confiara en él, a nadie que estuviese a su
lado. No había sensación más horrible.

Entonces oyó que alguien subía por la escalera de
mano, y pensó en saltar por el balcón para no tener
que enfrentarse a su tío. Pero cuando se acercó a la
abertura, vio que se trataba de Lily.

Volvió a su rincón, agradecido por la oscuridad, y
se secó las lágrimas con el dorso de la mano. Lily no
era como su madre, quien tenía que comportarse como
un sargento, firme pero justa, para educar a tres chicos. Lily era más amable y tranquila, y realmente encantadora.

Ella entró en la casa del árbol y se sentó a su lado,
de espaldas a la pared, sin mirarlo directamente.

—Siento que te haya gritado —dijo él.

—No pasa nada. Sólo estaba asustado.

—Estaba furioso...

—Sí, pero porque estaba asustado —insistió ella.

—Pero no tenía que pagarlo contigo.

—No lo ha pagado conmigo, Jake. Te lo prometo.
Y ahora, ¿por qué no me cuentas lo que ha pasado?

—No me cree. Eso es lo que ha pasado. ¡Le dije la
verdad y no me creyó!

Lily suspiró.

—Bueno, tienes que admitir que es una historia
muy difícil de creer. Nick llega a casa y te encuentra

empapado de alcohol. Es evidente que alguien había estado bebiendo y...

—¡Tú tampoco me crees! —gritó él.

—No he dicho eso. Sólo digo que intentes verlo desde su punto de vista. La situación no tiene buena pinta.

—Podría haberme creído —insistió él—. Yo nunca le miento. Sé que en el fondo no quiere ocuparse de mí, aunque nos llevábamos bien y yo me esforzaba por hacérselo fácil. Pero cuando algo se tuerce como ahora, pierde los nervios.

—Jake, si no quisiera ocuparse de ti, no lo haría...

—No... No fue idea suya. Fueron mis padres los que decidieron que se ocuparía de mí y de mis hermanos si algo les pasaba a ellos. Él se quedó tan sorprendido como nosotros al enterarse, pero era la voluntad de su hermana y no se podía negar.

—Está bien, está bien... —se acercó a él y le pasó un brazo alrededor del hombro.

Jake no quería recibir su consuelo. Quería ocuparse de todo él mismo aunque... No sabía por qué, pero se alegraba de que Lily estuviera allí.

—Jake, tienes que ser más indulgente con él. Los padres no siempre saben lo que deben hacer, y para Nick es aún más difícil, pues nunca ha sido padre.

—Mi madre me habría creído.

—¿Estás seguro?

—Sí —afirmó él, y empezó a llorar de nuevo.

—Oh, Jake... Lo siento. Lo siento mucho.

Y entonces él se rindió y apoyó la cabeza en el hombro de Lily para seguir llorando.

Habían llegado a una especie de tregua para pasar la noche.

Jake se negó a ir a casa, y Nick se negó a marcharse sin él. Lily pensó que eran los dos hombres más testarudos que había conocido, y finalmente se hartó de mediar entre ellos. Se llevó a Brittany a su dormitorio, le ofreció a Jake la cama de la niña y a Nick el sofá del salón.

A Ginny le pareció todo muy extraño, y Lily acabó invitándola también a ella a dormir en su cama. Cuando las niñas se durmieron y Jake se acostó, se deslizó escaleras abajo para ir al salón.

Nick estaba sentado a oscuras y mirando al vacío, completamente rígido, como si temiera moverse. Lily se sentó en el extremo del sofá y lo observó por un momento.

—Es difícil ser padre —dijo finalmente.

—Querrás decir aterrador.

—A veces —admitió ella, asintiendo—. Pero casi siempre es maravilloso. Jake está bien, Nick. Está arriba, apretujado en una cama de niña y con media docena de peluches vigilándolo. Superaréis esto, ya lo verás.

—¿Qué sería de nosotros si no estuvieras aquí?

—No lo sé, pero eso no importa, porque estoy aquí y no me voy a ninguna parte.

—Lily, no...

Ella había acabado de hablar. Lo rodeó con los brazos y tiró de él, tendiéndose en el sofá y colocando la cabeza de Nick en su hombro.

—Cierra los ojos y recuerda que Jake está arriba —le dijo—. Y está a salvo.

—Tus hijas...

—Están durmiendo en mi cama. Me quedaré aquí contigo hasta que te duermas.

Lo besó en la cabeza, en la frente y en los labios, y luego apretó los brazos para deleitarse con la sensación de consolar a un hombre grande, fuerte y, por una vez, increíblemente vulnerable.

Se dijo a sí misma que no era amor y que no debía enamorarse de él. Tendría que conformarse con disfrutar de su mutua compañía.

Él ni siquiera sabía si quería a Jake, aunque ella no tuviera ninguna duda al respecto. Según la manera en que se lo había contado Jake, Nick seguía pensando que sólo estaba allí por deber y obligación. A un hombre así no se le pasaría por la cabeza la idea de amar a una mujer o quedarse con ella.

Podría haberse echado a llorar hasta quedarse dormida, pero no se lo permitió. Estaba allí para consolar a Nick y ayudarlo a que todo fuera mejor con Jake.

Al día siguiente pensaría en la manera de mejorar su propia situación y en cómo podía protegerse de ambos... si tal cosa seguía siendo posible.

Jake volvió a casa a la mañana siguiente, seguido por su tío. La cocina seguía oliendo a whisky, y sin decir palabra los dos se pusieron a limpiarlo todo. Al acabar, Jake subió a darse una ducha y se marchó al instituto.

No iba a pedir disculpas por algo que no había hecho. De ninguna manera.

Iba de camino de casa de su amigo Brian, cuya madre los llevaba en coche al instituto, cuando un BMW plateado se detuvo junto a él. Una ventanilla se bajó y vio a Andie al volante.

Cielos... Nunca hubiera creído que algo así pudiera sucederle aquella mañana. La vida estaba llena de sorpresas, y no todas eran malas.

—¿Quieres que te lleve? —le preguntó ella.

—Claro —respondió él, subiendo rápidamente.

Andie parecía haber pasado una noche tan mala como la suya—. ¿Tu madre llegó a casa sin problemas?

Ella asintió. No parecía que quisiera hablar del tema.

—Bonito coche —dijo Jake. Y realmente lo era. Nunca se había subido nunca a un BMW, y se moría de ganas por sacarse el carné de conducir.

—Es el coche de mi madre —dijo ella—. Y no creo que vaya a necesitarlo hoy. Seguramente no se levante de la cama hasta que yo vuelva a casa.

—No le he contado nada a nadie, si es eso lo que te preocupa —le aseguró Jake—. Y no se lo contaré a nadie. Te lo prometo.

Ella no parecía creerlo, pero él no podía hacer nada para convencerla. Andie tendría que esperar y verlo por sí misma.

—Siento mucho lo que hizo mi madre... Vi cómo se comportaba contigo. Se pone a tontear con todo el mundo cuando bebe. Es asqueroso. A veces me gustaría que se muriera y... Oh, Dios mío... Lo siento. Quería decir... Tus padres... Había oído que... Lo siento. No debería decir eso de mi madre.

Jake se encogió de hombros, intentando quitarle importancia. No sabía cómo tratar la muerte de sus padres con chicos de su edad, así que nunca decía nada.

—Los dos tenemos problemas, pero no tienes que preocuparte. No voy a decir nada de tu madre. Y si necesitas que alguien te ayude con ella en cualquier momento, puedes llamarme. No me importará.

Confiaba en que no se desatara la Tercera Guerra Mundial entre él y su tío.

Nick esperó a que Jake se marchara y entonces empezó a registrar la casa a fondo. Sentía que tenía la obligación de hacerlo y comprobar qué más se le había pasado por alto.

Empezó por la cocina, intentando recordar cada gota de licor que había llevado a casa. El whisky lo había llevado un compañero de los marines al funeral de la hermana de Nick. Habían tomado juntos una copa y la botella había acabado en una de las cajas de la mudanza.

A continuación, fue a la habitación de Jake. No tenía más remedio. Tenía que saber lo que estaba haciendo Jake. Tenía que mantenerlo a salvo.

Entonces miró por la ventana y vio cómo Jake se subía a un BMW plateado.

¿Qué demonios? Nick no conocía a nadie que condujera un coche como aquél. Un minuto más tarde, estaba siguiéndolos en su propio coche, acosado por un sinfín de escalofriantes posibilidades.

El BMW se detuvo junto al instituto y de él se apearon Jake y una chica rubia y muy atractiva. Debía de ser la misma chica que había estado el otro día en la habitación de Jake.

—Maldita sea —murmuró Nick. Ningún chaval de quince años podría pensar con la cabeza junto una chica semejante. ¿Sería la misma a la que le gustaba el whisky?

Volvió a casa rápidamente y registró palmo a palmo la habitación de Jake. No encontró ni drogas ni alcohol. Tan sólo unos preservativos y unas cuantas revistas, lo que era normal en un muchacho.

Estaba pensando por dónde podía seguir buscando cuando sonó el teléfono.

Lo agarró con la esperanza de que fuera Lily, pero sólo era Joan, dispuesta a echarle en cara sus defectos como padre.

Como si él no los supiera, pensó amargamente.

Capítulo 14

AQUEL día no tenía intención de ver a Lily, pensando que sería mejor apartarse un poco para pensar y asegurarse de que estaba haciendo lo correcto con Jake, en vez de ir a divertirse con ella.

Al fin y al cabo, estaba allí para cuidar de Jake, no para enamorarse de una mujer a la que necesitaba como el aire que respiraba.

Y sin embargo, así era. Su relación había avanzado hasta un punto que lo distraía de otras cosas verdaderamente importantes, como su responsabilidad hacia Jake. Nunca había eludido sus obligaciones por culpa de una mujer, y no iba a hacerlo ahora, por mucho que le gustara estar con ella.

Por ello tenía que solucionar la cuestión ahora, antes de que se implicaran más en aquella incipiente relación y él acabara haciéndole daño. Nunca había querido herirla, y no era justo seguir con aquello cuando... No, no era justo.

Se apoyó en el marco de la puerta de la cocina y

miró a través del jardín. Vio a Lily en su cocina, mirándolo a su vez. Sabía y veía demasiado. Quería más de lo que él estaba dispuesto a darle. Otra cosa más que había fastidiado y que necesitaba arreglar.

Abrió la puerta y se dirigió hacia su casa. Ella mantuvo la cabeza alta e intentó sonreír. Nick se sintió como un canalla, pero se obligó a seguir. Tenía que hacerlo.

—Jake iba esta mañana camino al instituto cuando se subió a un coche con una chica. Un BMW plateado último modelo. Creo que era la misma chica que estuvo en nuestra casa el otro día. ¿Andie Graham tiene un BMW plateado?

—No —respondió Lily—. Pero su madre sí. ¿Iban al instituto? —le preguntó al ver su cara.

—Sí. Los seguí y vi cómo entraban. Luego volví a casa y registré su habitación.

—¿Y has encontrado algo?

—No, pero eso no significa que no haya escondido nada en algún otro momento.

—Cierto, pero Jake parece un buen chico, Nick. Siempre que no está en el instituto está en casa contigo. No tendría ocasión de hacer nada malo.

—Podría hacerlo si quisiera encontrar la manera. Los chicos siempre encuentran la manera, y sus padres no se dan cuenta de nada hasta que es demasiado tarde. Estoy harto de verlo, Lily. Sé cómo es el mundo.

—No, tú conoces lo peor de este mundo, pero no sabes cómo son los chicos —arguyó ella. Se acercó a él y le puso una mano en el brazo. Nick se había mantenido a distancia, sin permitirse tocarla—. Quizá hayas visto demasiadas cosas horribles, Nick.

—Así es —admitió él.

—Mira, deberías saber que Jake está convencido de

que no quieres ser su tutor. Que sólo estarás con él durante unos meses y que luego volverás a tu vida y él se
irá con otra persona. Puede que anoche estuviera muy
afectado, pero eso fue lo que me dijo, y pensé que debías saberlo.

Nick asintió, intentando recordar lo que había dicho exactamente delante del chico. Su hermana muriéndose. Su cuñado muriéndose... Los dos entregán-
dole la responsabilidad de Jake.

«Lo intentaremos durante seis meses a ver cómo
sale», eso fue lo que había dicho.

A él le había parecido una actitud sensata y razonable, pero no debía de resultarle muy tranquilizador a
un chico de quince años que se veía ante un futuro in-
cierto.

También intentó recordar lo que le había ofrecido a
Lily. Sólo le había dicho que la deseaba y que podía ir
a acostarse con ella cuando las niñas y Jake no estuvieran en casa.

No era mucho para una mujer, pero eso era lo que
le había ofrecido.

—Lo siento, Lily —dijo, reprendiéndose a sí mismo por hacerle daño también a ella.

No necesitaba decir más, porque ella lo entendió al
instante.

—Anoche me di cuenta de que Jake estaba en problemas, y yo no me había percatado de nada porque
estaba demasiado absorto contigo. Ha sido muy bonito, Lily, pero no estoy aquí por lo que hay entre nosotros. Estoy aquí porque tengo que cuidar de Jake y lo
estoy fastidiando todo. Esto tiene que acabarse.

—Claro —dijo ella en tono irónico—. Al fin y al
cabo, no te invadió el pánico al descubrir que quieres
realmente a tu sobrino o al darte cuenta de que podrías
perderlo. No te has acostumbrado a tenerlo en tu vida,

cuando nunca te habías visto en esta situación. Y anoche no acudiste a mí, sino que te quedaste a soportar tú solo el vendaval. Me necesitabas. Por un breve espacio de tiempo aceptaste mi ayuda, y eso es algo que no estás dispuesto a permitir.

Él la miró fijamente por unos segundos.

—He dicho que fue bonito, ¿de acuerdo? Fue muy bonito, pero tú sabías que no iba a durar. Por eso no quisiste nada al principio, ¿recuerdas?

Ella asintió. Tenía los ojos llenos de lágrimas, pero mantuvo la compostura con aquella dignidad y fortaleza que él tanto admiraba.

—Tienes miedo, Nick. Eso es todo.

Pero era más que eso. Se trataba de él, de la persona que siempre había sido, y de la que siempre sería.

—Lo siento mucho, de verdad —volvió a decir.

Ella asintió.

—Bien.

—Lily...

—Pero espero que sepas que no te va a resultar tan fácil alejarte de Jake como alejarte de mí.

Nick no dijo nada. Se sentía fatal por lo que había hecho.

Jake llegó a casa y vio que su habitación había sido registrada a fondo. Enfadado, fue al garaje en busca de su tío, quien estaba haciendo algo bajo el capó del coche.

—¿Encontraste lo que andabas buscando? —le espetó.

—Ya sabes que no —respondió Nick, irguiéndose ante él. Jake tuvo que contenerse para no darle un puñetazo, porque sabía que saldría perdiendo.

—¿Y bien? ¿Ya estás satisfecho, sabiendo que no

he hecho nada? ¿O va a ser así de ahora en adelante?
—pensó en lo que había dicho y se sintió aún peor—.
No, de ahora en adelante no... ¡Hasta que te canses de
todo y decidas marcharte!

—Jake...

—¿Va a ser así? Es lo único que quiero saber. Al
fin y al cabo, estamos hablando de mi vida.

—Dime qué pasó ayer realmente —le pidió su tío.

—Ya lo hice, y no me creíste. Sigues sin creerme,
aun después de registrar mi habitación y no encontrar
nada. Así que... cree lo que quieras. A mí ya me da
igual.

Volvió a su habitación y cerró con un portazo tras
él.

Lily estuvo trabajando como una esclava durante
los siguientes días, sintiéndose más sola y desgraciada
que nunca.

«Maldito cabezota», se repetía una y otra vez
mientras arrancaba el viejo empapelado de la habitación de Brittany, volcando su frustración en la tarea. A
las niñas no les haría gracia, porque tendrían que compartir habitación por un tiempo, mientras Lily cambia-
ba los suelos de madera, pintaba e instalaba nuevos
enchufes.

—¡Estúpido! —murmuró, dándole una patada a un
montón de tiras y viendo cómo caía con un ruido sor-
do al pie de las escaleras—. ¡Idiota, estúpido!

El siguiente montón de tiras que tiró escaleras abajo estuvo a punto de alcanzar a Jake, que estaba de pie
en su salón.

—¿Eso iba dirigido a mi cabeza? —preguntó el
chico.

—No. Lo siento. No sabía que estabas ahí.

—He llamado a la puerta, pero... creo que estabas gritando y no me oías.

—Estaba desahogándome con el papel de las paredes. ¿Quieres ayudarme?

—Claro —respondió él, esquivando los destrozos que Lily había hecho y subiendo las escaleras.

—¿No deberías estar en clase? —le preguntó ella.

—Sí —admitió él, encogiéndose de hombros, como si no tuviese una buena explicación.

—A tu tío no va a gustarle.

—¿Y?

Lily le lanzó una severa mirada de advertencia, intentando no demostrarle lo mucho que se compadecía de él a la hora de tratar con su testarudo tío.

—Todo el mundo comete errores, Jake. No puedes ignorarlo por ello.

—¿Por qué no? Él nos ha ignorado a ti y a mí.

Así que el chico lo sabía...

—Bueno, pero yo a vosotros no —declaró.

Estaba dolida, se sentía sola y furiosa, y tal vez fuera una estúpida, pero no se había rendido. Aún tenía la esperanza de que Nick entrase en razón y descubriera que podía tener una vida allí.

—¿Crees que antes era feliz, cuando sólo tenía su trabajo y nada más? —le preguntó a Jake.

—No lo sé. Nunca había pensado en ello... ¿Por qué iba a llevar esta vida si no le gustara?

—Porque... quizá no sabía qué más hacer. Porque no sabía que su vida podía ser diferente y que podía encontrar algo que le gustase más.

—Creía que todo esto sería muy aburrido para él, comparado con lo que siempre ha hecho —repuso Jake—. Ha estado por todo el mundo, y nos enviaba regalos fantásticos de los lugares más exóticos. Siempre me pareció el mejor.

Pero, a pesar de todo, era posible que Nick se hubiera sentido solo y que quisiera un cambio en su vida, pensó Lily. ¿Sería mucho pedir que lo admitiera?

—Vamos a llevar los papeles al coche, para tirarlos más tarde —dijo, y los dos se dirigieron al garaje con los brazos llenos de tiras de papel.

—Siento que se portara tan mal contigo —dijo Jake mientras metían la basura en el coche—. Le daría su merecido si pudiera, pero...

Lily se echó a reír y le dio un rápido abrazo.

—Mi héroe... Eres encantador.

Jake se puso colorado e hizo una mueca. Parecía tan perdido y triste como ella se sentía.

—Estaba pensando que... una vez que mi tío se haya marchado... ¿podría quedarme aquí? Podría echarte una mano con la casa, y cuidar a las niñas si tienes que salir. No te daría ningún problema, te lo juro.

—Oh, Jake... —dijo ella, revolviéndole el pelo.

—¿No? —preguntó él, con el rostro encogido por el pánico.

—No. Quiero decir... No te estoy diciendo que no. Pero es... complicado. Tus padres nombraron a tu tío como tutor, y no puedes irte libremente con otra persona. Las cosas no funcionan así.

—Pero él no quiere quedarse conmigo...

—Eso no lo sabes. Sólo habéis tenido una discusión, como les pasa a todos los jóvenes con sus padres o tutores. ¿Nunca discutías con tus padres?

—Sí, pero ellos nunca me habrían abandonado —dijo él con la voz ahogada.

—Oh, Jake... —lo abrazó con fuerza mientras el chico se echaba a llorar desconsoladamente.

Entonces levantó la mirada y vio a Nick en la puerta de su casa, observándolos con una expresión

que parecía tallada en piedra, como si fuera a resque-
brajarse si mostrara la menor emoción.

¡Maldito y testarudo idiota!

—Jake, te prometo que encontraremos una solu-
ción. Siempre tendrás a alguien que te quiera y que se
ocupe de tú. Es lo más importante que tienes que saber. Nunca estarás solo en el mundo.

Pero el pobre chico siguió llorando como si estuviera solo en el mundo.

Jake volvió a casa, sintiéndose como un estúpido
crío por llorar delante de Lily y suplicarle que le permitiera vivir con ella.

Al entrar en la cocina, se encontró a su tío hablando por teléfono.

—No puedo obligarlo a hablar contigo, Joan —estaba diciendo.

Jake había estado evitándola con éxito durante las
últimas semanas, pero en aquel momento tendió la
mano hacia el teléfono. Su tío le indicó que no tenía
por qué hacerlo, pero él le arrebató el auricular con
fuerza.

—Tía Joan... ¿Cómo estás? —sabía que no podía
montar una escena con su tío mientras estuviera hablando con ella.

La estuvo escuchando unos minutos, hasta que se
excusó alegando que tenía que hacer los deberes. Dejó
el teléfono y se dispuso a encerrarse en su habitación
durante horas, pero su tío lo agarró del brazo y lo hizo
girarse.

—¿Todo tiene que ser una batalla, Jake? —le preguntó, mirándolo directamente a los ojos.

Jake se encogió, un poco intimidado, pero todavía
furioso.

—Me da igual.

—Bueno, pues a mí no me gusta. ¿No podríamos hacer que las cosas fueran como antes?

—¿Como antes... cuando creía que confiabas en mí y pensaba que ibas a quedarte?

—Eh, no me he ido a ninguna parte —protestó Nick—. Sigo aquí.

—Te has alejado de Lily. Le diste la espalda y te apartaste de ella. ¿Cómo has podido hacerle eso? Es una mujer preciosa y muy especial. No entiendo mucho de mujeres, pero Lily... ¿De verdad piensas que puede haber algo ahí fuera mejor que ella? ¿Alguien que sea mejor para ti? Estas últimas semanas casi parecías humano... y feliz. Pero si ni siquiera puedes quedarte aquí por ella, tampoco podrás quedarte por mí.

—Jake, estamos hablando de ti y de mí, no de lo mío con Lily...

—Estamos hablando de tu vida —le gritó Jake—. ¿Siempre vas a estar buscando algo que sea mejor que lo que ya tienes? Algo más emocionante, más peligroso, más... no sé. Algo más. ¿Qué crees que puede estar esperándote ahí fuera y que aún no hayas probado?

—Tú y yo, Jake. Vamos a hablar de nosotros...

—Una cosa es no querer vivir con un adolescente al que nunca has querido. Pero podrías tenerla a ella. Podrías vivir aquí. Sus niñas aún son pequeñas y necesitan un padre. Son revoltosas y siempre están molestando, pero es muy divertido estar con ellas, y es muy fácil hacerlas felices. Tú les gustabas mucho, hasta que le gritaste a su madre la noche que discutimos. Podrías tener todo eso y sin embargo lo rechazas. Nunca podré entenderlo, pero espero que desaparezcas de nuestras vidas y podamos seguir adelante sin ti.

—¿Eso es lo que quieres? —le preguntó Nick—. ¿Quieres que me vaya?

—Nunca he pensado que fueras a quedarte —admitió Jake.

Había esperado equivocarse, pero en el fondo nunca lo había creído.

Había estado esperando que llegara ese día.

—No hemos acabado —dijo Nick, pero Jake ya salía de la cocina—. ¡Jake!

Jake no le hizo caso y se encerró en su habitación, vació la mochila del instituto y empezó a llenarla de ropa. No sabía adónde iría, pero tenía que irse de allí. Esperaría a que oscureciera y su tío se hubiera acostado, y entonces se marcharía.

Se había quedado dormido, esperando que se hiciera de noche, cuando lo despertó su teléfono.

—¿Diga? —preguntó con voz pastosa.

—¿Jake? Soy Andie.

Se incorporó de un salto, preguntándose si estaría soñando.

—Hola. ¿Qué pasa?

—Siento molestarte —dijo ella. Estaba llorando—. No sabía a quién llamar...

—¿Qué ocurre?

—Necesito ayuda. Necesito tu ayuda. ¿Puedes venir a buscarme?

Capítulo 15

NICK no estaba seguro de qué lo había despertado. Tal vez fuera un instinto desarrollado a lo
largo de los años.

Algo no iba bien. El reloj marcaba las 2:43 de la mañana. Esperó un momento a que sus ojos se adaptaran a
la penumbra y sacó la caja fuerte que guardaba debajo de
la cama. Tecleó el código y extrajo la pistola que conte-
nía. Entonces oyó un portazo y el motor de un coche.

Se movió silenciosamente hasta la ventana, y al
abrir los postigos vio un coche alejándose.

¿Su propio coche? No podía ser. Bajó rápidamente
las escaleras mientras se ponía los vaqueros y salió a la
calle. ¿Le habían robado el coche en sus propias narices?

¿O era algo peor? Asaltado por una inquietante
duda, volvió a subir las escaleras y entró en la habitación de Jake. Estaba vacía, con los cajones abiertos y
los libros de texto en el suelo.

Minutos después, completamente vestido y tras haber guardado la pistola, intentó llamar a Jake en tres

ocasiones, sin recibir respuesta. Además había desaparecido un juego de llaves.

Entonces llamó a Lily.

—¿Diga? —respondió ella, medio dormida.

—Lily, soy yo. Jake se ha vuelto a marchar.

—¿Qué? —exclamó ella, desperezándose enseguida—. ¿No está en la casa del árbol?

—Aún no lo he comprobado. No quería asustarte, llamo por si acaso te despertabas y veías a alguien en tu jardín. ¿Puedes mirar si Jake está en tu casa? Quizá haya entrado de alguna manera...

—De acuerdo. Lo haré enseguida.

Colgó, y Nick volvió a pensar en las acusaciones de Jake, echándole en cara que hubiera abandonado a Lily y, peor aún, que nunca hubiera tenido intención de quedarse con él.

Subió a la casa del árbol, pero también estaba vacía, de modo que fue a casa de Lily. Ella le abrió la puerta de la cocina con el pelo alborotado y vestida con un ligero pijama de algodón, y Nick tuvo que apartar la mirada.

—No está aquí —dijo ella.

—¿Te importa si echo un vistazo... por si acaso?

—Claro. Adelante —respondió ella, apartándose de la puerta—. ¿Qué ha pasado? ¿Habéis tenido otra discusión?

—Sí —empezó a registrar la casa, abriendo los armarios y mirando en todos los rinconera.

—¿Sobre qué? —le preguntó ella, siguiéndolo.

—Por haberos abandonado a ti y a él —dijo Nick, disgustado consigo mismo y con todo el mundo.

—Yo no le dije nada de nosotros —le aseguró Lily.

—Lo sé, pero el chico lo sabía. Te tiene mucho cariño, Lily, y ve lo que pasa a su alrededor.

Fueron al piso de arriba y miraron silenciosamente

en las habitaciones de las niñas y también en la de Lily, sin encontrar nada.

—¿Qué vas a hacer ahora? —le preguntó Lily.

—Despertar a sus amigos y a los padres de sus amigos. Necesito que me prestes tu coche. Jake se ha llevado el mío.

—¿Qué? —exclamó ella, tan horrorizada como él.

—Me despertó un ruido y vi mi coche alejándose. Me temo que lo conducía Jake.

—¿Y has venido a registrar mi casa, aun sabiendo que Jake se llevó tu coche?

—Confiaba en estar equivocado —admitió, sabiendo lo ridícula que era su actitud—. Jake ni siquiera sabe conducir... A menos que alguien le haya enseñado a escondidas. Lamento haberte despertado.

—No te preocupes por eso.

—No sé qué he estado haciendo estos últimos meses. Lo he echado todo a perder.

—Tranquilo —le dijo ella, abrazándolo por un momento—. Ahora no puedes pensar en eso. Concéntrate en buscar a Jake y llámame cuando lo encuentres, porque dudo mucho que pueda volver a dormirme. Estaré alerta por si acaso vuelve a casa.

Nick posó la cabeza en su hombro, incapaz de ocultar sus temblores. No merecía a aquella mujer, ni su bondad o comprensión, y sin embargo allí estaba, necesitándola desesperadamente.

Le dio un rápido beso y se apartó.

—Tengo que irme —dijo, y Lily agarró unas llaves que colgaban de un gancho en la puerta.

—Aquí tienes las llaves. Vamos, vete. Te llamaré si Jake aparece por aquí.

Lily no pudo volver a dormirse, de modo que preparó un poco de té y se sentó junto a la ventana a esperar, pero Jake no apareció.

Finalmente, decidió llamar a su hermana. Marcy se levantaba a las seis menos cuarto para hacer aerobic, y Lily le pidió que fuera a casa para que ella pudiera acompañar a Nick en su búsqueda.

Marcy llegó a las seis y media, al mismo tiempo que un exhausto y preocupado Nick. Lily le sirvió una taza de té y lo obligó a sentarse un rato. Marcy lo miraba con cara de pocos amigos; sin duda se imaginaba lo que había pasado entre ambos, pero afortunadamente no abrió la boca.

—¿Has ido a casa de todos sus amigos? —preguntó Lily.

—De todos los que conozco. He llamado a los gemelos. Jake no ha tenido tiempo para llegar a su residencia, pero me llamarán si se pone en contacto con ellos. También he llamado a unos amigos de la policía local y del FBI en Richmond. Jake no ha sido arrestado ni ha ingresado en un hospital en ochenta kilómetros a la redonda —sacudió la cabeza—. No sé qué más hacer. Me gano la vida encontrando a personas desaparecidas, pero no puedo encontrar a mi propio sobrino.

—¿Y su antigua casa? —sugirió Lily.

—Es uno de los primeros lugares que he comprobado. No estaba allí.

—¿Hace cuánto tiempo?

—Un par de horas, ¿por qué?

—Vamos a volver —dijo Lily—. Es su hogar. Allí era feliz y se sentía seguro. ¿Adónde irías tú si te sintieras solo y perdido? —Nick le lanzó una mirada que ella no logró descifrar, pero parecía haber abierto una herida muy profunda—. Voy contigo. Marcy se quedará para llevar a las niñas al colegio.

—Gracias —le dijo Nick a Marcy.

—No te lo mereces —dijo ella—. Pero Jake me gusta mucho. Así que encuéntralo.

Nick condujo a una velocidad endiablada, absolutamente concentrado en la carretera. Lily iba sentada a su lado y con una mano en su rodilla, sin decir nada e intentando no mostrar su pánico cuando se acercaban demasiado a otro coche.

—Lo siento —dijo él, cuando se dio cuenta de que la estaba asustando.

—No pasa nada.

—Lily, te agradezco mucho que vengas conmigo. Marcy tiene razón. No lo merezco, pero me alegra que estés aquí —dijo, sin apartar los ojos de la carretera.

—Quiero a Jake, y me temo que tengo parte de la culpa. Ayer me preguntó si podía vivir conmigo y con las niñas después de que tú te marcharas, y... no le dije que no, pero tampoco que sí. Intenté explicarle que no dependía de nosotros, que tú eres su tutor y... Si hubiera sabido que estaba pensando en huir, le habría dicho que sí. No sabía que era tan grave. ¿Qué ocurrió?

—Nada. No sé qué he podido hacer para acabar así, pero se ha marchado y se ha llevado ropa con él.

—Lo encontraremos —le aseguró ella, deseando que él la creyera.

Nick sacudió la cabeza y giró con tanta brusquedad que hizo chirriar las ruedas.

—Muchos chicos no aparecen nunca.

—No empieces a pensar en eso. Ya sé que has visto cosas horribles, pero ése es tu trabajo, Nick. Por eso eres incapaz de ver esta situación desde otra perspectiva.

—Si no está en casa al mediodía, podremos contar con un equipo del FBI.

—No va a ser necesario.

Esquivaron otro vehículo por escasos centímetros y Lily no pudo seguir mirando. Cerró los ojos y los mantuvo cerrados hasta que el coche se detuvo.

Esperaba estar en el camino de entrada, pero descubrió que sólo era un semáforo en rojo.

—¿No vas a saltártelo? —le preguntó a Nick, pues ya se había saltado unos cuantos.

—Éste no —respondió él, muy serio—. Fue aquí donde murieron mi hermana y su marido. Su casa esta ahí, en esa esquina.

Lily se giró y miró. Era una vieja e imponente casa de ladrillo con enredaderas en las paredes. Ofrecía una imagen sólida y fuerte, arraigada a la tierra y su entorno, y Lily pensó que Jake debía de sentirse seguro en ella.

—La habitación de Jake es la primera ventana del segundo piso. Desde allí tenía una vista perfecta de este lugar... —le dijo Nick.

—Hiciste lo correcto al sacarlo de aquí —dijo Lily.

El semáforo se puso en verde y Nick aparcó en el camino de entrada. El coche de Nick no se veía por ninguna parte. Fueron hasta la entrada lateral, junto al garaje, y Nick se dispuso a abrir la puerta.

—No está cerrada con llave —observó—. Ni siquiera está cerrada del todo.

—¿Hay alguna alarma?

Nick asintió y entró con cuidado para dirigirse al panel de la alarma.

—Está desconectada.

—Entonces... ha debido de estar aquí, ¿no?

—Pero en ese caso, ¿por qué no cerró con llave ni conectó la alarma?

Llamó a Jake, pero no recibió respuesta. Manteniendo a Lily detrás de él, empezó a registrar habitación por habitación, hasta llegar al salón.

—¿Lo sientes? Hace más calor aquí que en el resto de la casa —se acercó a la chimenea y extendió una mano—. La han encendido hace poco.

Lily vio un montón de mantas y almohadas sobre el sofá y un sillón, como si alguien hubiera estado durmiendo allí. ¿Significaba eso que Jake no estaba solo?

—Si ha estado celebrando una fiesta o algo así, voy a matarlo por darnos este susto —dijo Nick.

—Y yo te ayudaría encantada —corroboró Lily—. Pero si fue eso lo que pasó, ¿por qué no te dijo que iba a pasar la noche con un amigo en vez de robarte el coche en mitad de la noche?

—Voy a mirar arriba. Enseguida vuelvo.

Lily se quedó en la planta baja, sintiéndose como una intrusa. Todo estaba en su sitio, como si los padres de Jake fueran a entrar por la puerta en cualquier momento.

Nick volvió al poco rato, sin haber encontrado nada.

—Ahora sí que no sé qué más hacer —dijo. Parecía cargar con el peso del mundo a sus espaldas.

Lily lo tomó de la mano y lo llevó al sofá del salón. Ella se dispuso a sentarse en el sillón, pero él tiró de su mano y la sentó en su regazo. La abrazó y respiró temblorosamente.

—Vas a encontrar a Jake —le prometió ella—. Y todo va a salir bien.

En ese instante sonó su teléfono y se apresuró a responder, rezando porque fuera Jake.

—¿Alguna noticia? —preguntó Marcy.

—No —respondió ella, casi gritando de frustración.

—Bueno, no sé si esto tendrá que ver con Jake, pero has recibido tres llamadas esta mañana de varias vecinas, preguntando si sabías lo último sobre Audrey

Graham. Parece que anoche estaba en una fiesta y se peleó con una mujer del barrio con cuyo marido se había acostado. Y al parecer su pobre hija lo vio todo. ¿No me dijiste que Jake estaba colado por la hija de Audrey?

—Sí, así es —afirmó Lily, y se volvió hacia Nick—. ¿Probaste a llamar a Andie Graham anoche?

—Sí. No obtuve respuesta. Incluso me pasé por su casa, pero parecía estar desierta. ¿Por qué?

—Nada importante —dijo ella—. Algo sobre una pelea de Audrey con la mujer de un amante. Aunque... espera un momento. ¿Marcy? ¿Esa fiesta era para la recaudación de fondos?

—Sí, en efecto. ¿Phoenix Rising o algo así?

—El Club Phoenix. Gracias. Vamos a comprobarlo —cortó la llamada y se volvió otra vez hacia Nick—. La madre de Andie estuvo anoche en un baile benéfico y se peleó con una mujer con cuyo marido se estaba acostando. Parece que su hija lo presenció todo. ¿No crees que si Andie tuviese un problema llamaría a Jake para pedirle ayuda?

—No lo sé. Sólo tiene quince años. ¿Por qué iba a llamar a alguien que tendría que robar un coche para ir a verla?

—Tal vez ella no sabía que tuviera que robarlo, o que no tenía carné de conducir. En cualquier caso, es mejor quedarse con esa posibilidad a pensar que ha huido.

—¿Sabes dónde viven?

—Sí. Vamos.

Salieron por la puerta y se encontraron con un coche de policía aparcando en el camino de entrada. Lily sintió cómo se quedaba sin aire al ver la expresión de Nick. Los dos se quedaron inmóviles mientras el agente salía del coche y se acercaba a ellos.

—¿Todo en orden por aquí? —les preguntó.

Nick le mostró su placa del FBI y le explicó lo que estaban haciendo, aclarando que fue él quien le había pedido a la policía que vigilara aquella casa.

—Por eso está usted aquí, ¿verdad? —le preguntó al agente.

—No. La verdad es que estaba atendiendo una llamada de emergencia.

Lily ahogó un gemido y se agarró al brazo de Nick. Lo notó tenso y rígido.

—¿Qué emergencia? —preguntó Nick.

—Una posible intoxicación etílica con problemas respiratorios. La operadora estaba intentando obtener la información necesaria, pero la comunicación no era buena y la persona que llamaba dijo que no hacía falta avisar a una ambulancia, que llevarían ellos mismos a la víctima.

—¿Cuándo se recibió esa llamada? —preguntó Nick.

—Hace cuarenta minutos, aproximadamente. Habría venido antes, pero me mandaron a un caso de robo a cinco manzanas de aquí. Entonces, ¿no hay nadie en la casa?

—No —respondió Nick—. ¿Quién hizo la llamada?

El agente hojeó sus notas.

—No me han dado un nombre, pero era una mujer. Su número era 5556685. ¿Cree que la llamada era por su sobrino?

—Creíamos que estaba aquí. ¿A qué hospital fueron?

—Espere. Iremos en mi coche —ofreció el agente—. No creo que esté en condiciones de conducir.

Nick y Lily ocuparon el asiento trasero, agarrados de la mano. Ninguno dijo nada hasta que se encontraron con un accidente de tráfico. Un sedán negro de aspecto familiar se había empotrado contra un poste de teléfono.

—Creo que ése es mi coche —murmuró Nick, completamente pálido.

El agente agarró la radio y pidió información sobre el accidente.

—Un Black Ford registrado a nombre de... Nicholas Malone. Matrícula de Washington —Nick asintió y el agente pidió que le confirmaran el estado de los pasajeros—. Los chicos parecen estar bien, pero la mujer está inconsciente.

—¿Mujer? —preguntó Lily, y el agente preguntó los nombres por la radio.

—Jacob Elliott, Andie Graham y Audrey Graham —les dijo.

—Son ellos... Gracias —dijo Lily, apretando el brazo de Nick—. Los hemos encontrado.

Capítulo 16

NICK ya había hecho ese camino antes, como el agente que ayudaba a encontrar al chico desaparecido. Pero por muy tranquilizadora que fuera la información que tenía para los padres, éstos nunca se relajaban realmente hasta que tenían al chico en sus brazos.

Y él se sentía exactamente igual en esos momentos. No se creería que Jake estaba bien hasta que pudiera verlo con sus propios ojos. Hasta entonces, ninguna otra cosa importaba en el mundo. Necesitaba a aquel chico como al aire que respiraba, y necesitaba a la mujer que iba a su lado. Necesitaba que esa mujer permaneciera junto a él, que lo creyera, que lo perdonara, que confiara en él y, sobre todo, que lo amara.

—Respira —le dijo Lily.

Todo daba vueltas a su alrededor. Un torbellino de luces, ruidos y confusión. Pero entonces se vio caminando por un pasillo y entrando en una habitación dividida con cortinas, y allí estaba Jake, tendido en una cama, con un chichón en la frente, la mejilla magullada, un corte en el labio y una expresión de incertidumbre, como si no supiera qué clase de recibimiento iba a recibir.

—Creo que te he destrozado el coche —fue lo único que dijo.

Lily empezó a llorar.

Y Nick lo agarró y lo abrazó con fuerza.

—De modo que ¿todo esto ha sido por una chica? —preguntó Nick con incredulidad, una vez que el médico les confirmó que las heridas de la cabeza no eran graves.

—No una chica cualquiera. Es Andie —declaró Jake, como si hubiera una gran diferencia.

Nick se volvió hacia Lily y la miró con expresión suplicante, pidiéndole ayuda.

—Jake, ¿qué ha pasado con Andie? —preguntó ella, intentando reprimir una sonrisa.

—Somos... amigos. Y me gusta. Me gusta mucho.

—Ya me lo imagino —dijo Nick.

—Bueno, ella tenía problemas y yo intentaba ayudarla —miró directamente a su tío—. Dijiste que un hombre tiene que cuidar a una mujer...

—Tú aún no eres un hombre. Sólo tienes quince...

—Dijiste que teníamos que proteger a Lily. Que no íbamos a quedarnos al margen mientras...

—Está bien, de acuerdo. Sigue —aceptó Nick, pensando que un voto de silencio era necesario.

—Pues eso es. Estaba intentando ayudarla. Había pasado algo muy grave...

—¿Con su madre? —probó Lily.

—Le prometí que no se lo diría a nadie —declaró Jake.

—Mira —dijo Nick, rompiendo el voto de silencio—. Estás en el hospital, te fuiste de casa en mitad de la noche, me robaste el coche, lo condujiste sin carné y lo estrellaste con dos personas más en su interior. No hay promesa que valga. ¿Entendido?

Lily le puso una mano sobre la suya para tranquilizarlo.

—Jake... Esta mañana recibí tres llamadas para preguntarme si sabía algo de la escena que montó Audrey con la mujer de Phillip Wrenchler, por la aventura que estaba manteniendo con su marido. Si eso es parte del secreto, todo el mundo lo sabe.

—Oh —murmuró el chico, perplejo.

—Y ahora cuéntalo todo —le ordenó Nick.

—No es sólo por ese Phillip —admitió finalmente—. Desde que los padres de Andie se divorciaron hace meses, su madre empezó a beber. A veces desaparecía sin decir nada y Andie se asustaba, por eso venía a nuestra casa en busca de su madre. Yo sabía que no estaba contigo, porque creía que Lily y tú estabais... bueno... que estabais...

—Sí, Lily y yo. Sigue.

—Al parecer, la madre de Andie estaba viendo a un tipo que vive detrás de nosotros. Atravesaba nuestro jardín para que los vecinos no la vieran. Pero un día estaba demasiado bebida y se confundió de casa. Entró en nuestra cocina, buscándolo, y antes de que yo pudiera hacer nada se había servido un trago de whisky. Cuando intenté arrebatarle el vaso, se derramó por todas partes.

Nick se dio la vuelta y maldijo contra la cortina verde, antes de girarse otra vez hacia Jake.

—¿Quieres decir que todo esto ha sido por la madre de Andie? ¿No podías decírmelo?

—Andie estaba muy avergonzada. Tuve que lla-

marla para que viniera a por su madre. Ella estaba co-
queteando conmigo delante de su hija y... —el pobre
chico se puso colorado.

—Sigue —lo apremió Nick. Aún le costaba creer
que todo aquello hubiera sido por una chica.

—Nada más. Andie no le había contado a nadie
más lo de su madre, pero yo era como un desconocido
y me lo contó, haciéndome prometer que no se lo diría
a nadie. Es una chica tan... —en ese punto esbozó una
amplia sonrisa.

Nick se volvió hacia Lily, suplicándole ayuda en
silencio.

—Es una chica preciosa, Jake —dijo Lily—. Y me
alegra que pudiera contar con tu ayuda. Pero este problema no lo podéis resolver vosotros solos. Deberías
habérnoslo contado.

—Ella no quería que nadie lo supiera —insistió
Jake. Parecía completamente convencido y dispuesto
a hacer lo mismo.

Nick tuvo que contenerse para no gritar. Aún tenía
el corazón acelerado y los músculos temblorosos. Era
un milagro que pudiera mantenerse en pie. Miró al techo y puso una mueca.

Lily le apretó la mano para darle ánimos.

—Cuéntanos qué pasó anoche, Jake —le pidió al
chico.

—Andie me llamó. Su madre estaba en una fiesta,
se había emborrachado y se había peleado con la mujer de Phillip. Andie intentó sacarla de allí, pero su
madre no recordaba dónde había aparcado el coche ni
dónde tenía las llaves. Andie estaba llorando y me pidió que fuera a por ellas.

—¿Y no se te ocurrió decirle que no sabes conducir?

—Sí sé conducir —protestó él.

—No tienes carné —gritó Nick. Jake puso una mueca de dolor y tristeza—. De acuerdo, lo siento. Aún estoy un poco... Por Dios, Jake, ¿querías matarme de un susto?

—Pensábamos que te habías marchado —dijo Lily en su tono más suave y maternal.

—Nada de eso —declaró él, como si fuera una idea absurda.

—Te habías llevado ropa —le recordó Nick.

—Oh, sí... Bueno, metí algo de ropa en mi mochila —admitió—. Pero no me habría marchado.

—Pero eso nosotros no lo sabíamos —rugió Nick—. Y te fuiste sin decir nada ni responder al teléfono...

—Jake, tu tío te oyó salir de casa hace ocho horas. Desde entonces hemos estado buscándote e imaginando toda clase de cosas horribles.

—Bueno, lo único que hice fue llevarlas a nuestra vieja casa para que se ocultaran durante un tiempo. Andie no quería que nadie viera a su madre en ese estado. Yo sabía que te pondrías furioso, pero también lo estaba contigo, por no haber confiado en mí. No sabía qué decirte, así que... no respondí al teléfono. Eso es todo.

—¿Eso es todo? —repitió Nick, intentando tomar aire—. ¿Y la llamada al 911?

—Esta mañana Andie intentó despertar a su madre, pero ella no respondía y apenas respiraba. Nos asustamos y llamamos al 911. Pero nos dijeron que la ambulancia tardaría unos diez minutos en llegar, y no creíamos que pudiéramos esperar tanto tiempo. Por eso decidí llevarla al hospital.

—Claro, como anoche no te habías estrellado, ¿por qué no intentarlo de nuevo? —espetó Nick sin poder evitar el sarcasmo, y cerró los ojos para no fulminarlo con la mirada—. ¿Y luego qué?

—No estoy muy seguro. Estaba conduciendo sin problemas, pero tomé una curva demasiado rápido y me salí del carril, chocando con un poste de teléfono. ¿Me he metido en un lío por eso?

Nick abrió los ojos y lo miró atónito. ¿Acaso los adolescentes no tenían sentido común? El chico no era estúpido, de eso no había duda. Sólo era imprudente y se rebelaba contra la figura paterna.

Entonces pensó en Joan... Aquello le iba a encantar. Era justo lo que necesitaba para arrebatarle a Nick la custodia del chico.

Lily se inclinó hacia Jake y le dio un abrazo.

—Estábamos muy preocupados por ti —le dijo, en el tono que el chico necesitaba.

—Disculpen —dijo una voz de chica.

Nick se volvió y vio a la diosa adolescente de Jake. Andie Graham en plena esplendor. Rubia, preciosa y de piernas largas. Con algunas magulladuras, pero entera.

Nick quiso suplicarle que no volviera a acercarse a Jake, y explicarle a su sobrino lo peligrosas que podían ser las mujeres.

—Sólo quería asegurarme de que Jake estaba bien —dijo ella.

Jake resplandeció de entusiasmo en la camilla y puso una mueca de dolor, aunque quizá sólo estuviera fingiendo.

—Estoy bien —dijo—. ¿Y tú?

Ella asintió y esperó junto a la cortina.

—¿Cómo está tu madre, Andie? —le preguntó Lily.

La chica se mordió el labio y pareció avergonzada.

—Bien. Los médicos dicen que se pondrá bien.

—Estupendo —dijo Lily, y le dio otro abrazo a Jake—. Estaremos fuera unos minutos.

Nick no tenía intención de ir a ninguna parte, pero

Lily lo agarró de la mano y lo llevó a un lugar relativamente tranquilo.

—¿Crees que ha sido buena idea, dejarlo a solas con ella? —preguntó él.

—¿Qué vas a hacer? —dijo Lily, riendo—. ¿Encerrarlo en su habitación hasta que cumpla veintiún años?

—¿Puedo hacer eso, siendo su tutor legal? Porque no me parece mala idea...

Lily volvió a reírse y lo abrazó con fuerza. Nick se derrumbó contra la pared a su espalda, como si no pudiera tenerse en pie. Un profundo alivio lo invadía, dejándolo débil, exhausto y asustado.

—¡Oh, Dios mío! Lily... —murmuró, enterrando el rostro en su pelo—. Se estrelló contra un poste de teléfono... Podría haber matado a esa chica y a su madre mientras intentaba salvarlas. Y él también.

—Lo sé. Pero nadie ha muerto. Jake está bien y...

—¿Cómo puede ser tan estúpido? ¿Es que sólo hacen falta unas piernas y una melena rubia para hacerle perder la cabeza?

—¿Nunca has hecho nada estúpido por una chica? —le preguntó ella.

—No algo como esto... —empezó a decir, pero sabía que no era cierto. Respiró hondo e intentó que la cabeza dejara de darle vueltas. Entonces miró a Lily y trató de convencerse de que la noche había pasado, que Jake estaba a salvo, que superarían todos los problemas y que Lily estaba a su lado—. En realidad, yo también tuve a mi preciosa rubia de piernas largas, y creí que podría alejarme de ella sin problemas.

Lilly le dedicó una bonita sonrisa a través de sus lágrimas.

—Dime que todo este tiempo has sabido que era un estúpido por creer que podía alejarme de ti, Lily.

Porque odiaría pensar que me creías capaz de hacerte tanto daño.

—Esperaba que no pudieras hacerlo.

—Tenías razón —le dijo él—. ¿Podrás perdonarme? ¿Por haber pensado que podía vivir sin ti?

—No lo sé... —respondió ella, sonriendo y con un brillo en sus bonitos ojos azules—. ¿Cómo vamos a estar seguros de que has aprendido la lección?

—No puedo educar a ese chico sin tu ayuda —admitió él—. No quiero hacerlo. No quiero hacer sin ti, Lily.

Ella le dio un beso, seguido de otro. Pero él se apartó y le tomó el rostro en las manos.

—Creo que lo he sabido desde el primer momento que te vi. Sabía que me causarías muchos problemas y que debía mantenerme alejado de ti...

—¿Yo? ¿Problemas? —repitió ella, fingiendo estar indignada.

Nick asintió.

—Pero no pude resistirme, y menos cuando me ayudaste a librarme de Audrey, aquel día en tu cocina. No podía dejar de pensar en ti, ni en tu cuello.

—Fuiste tú quien provocó todos esos problemas...

Nick se echó a reír y la besó.

—Pero cuando realmente supe que no había vuelta atrás fue cuando quisiste ir a casa de Jake para volver a buscarlo y me preguntaste adónde iría yo si estuviera asustado y me sintiera solo en el mundo. Ahora me doy cuenta de lo fácil que es la respuesta. Iría contigo.

Lily ahogó un gemido y empezó a llorar.

—Y todo empezaría a ir mejor —siguió él—, porque tú estarías a mi lado. Necesito que estés siempre conmigo, Lily. Te quiero... Nunca se lo había dicho a otra mujer, y te prometo que serás la única a quien se lo diga.

—Yo también te quiero —dijo ella, besándolo tan rápidamente como caían sus lágrimas.

—Puedes tomarte todo el tiempo que necesites para que tus hijas y tú os acostumbréis a la idea de estar juntos. Pero ahora quiero que me prometas que te casarás conmigo.

—Lo haré —prometió ella.

—Piensa que tendremos que dormir en la misma cama toda la noche.

—En el caso de que me dejes dormir —replicó Lily con una sonrisa—. Y tienes que dejarme trabajar de vez en cuando, Nick. Hay mucho trabajo que hacer.

—Lo haremos. Aunque tendrás que admitir que es muy agradable pasar las tardes en la cama... cuando estemos solos.

—Te advierto una cosa —dijo Lily—. He oído que las chicas son mucho peores que los chicos al llegar a la adolescencia.

Nick soltó un gemido.

—Me tomas el pelo...

Lily negó con la cabeza.

—Ya es demasiado tarde para echarse atrás.

Julia

La tímida bibliotecaria Emily Garner necesitaba vivir un poco. Y aquel reencuentro casual con su amor de la infancia, Will Dailey, le hizo ver que las Vegas era el lugar perfecto para un fin de semana salvaje. Tan salvaje, que de hecho sólo recordaban vagamente que se habían casado.

Will no había visto a Emily durante años... ¡Y ahora era su mujer! Seguía siendo como la recordaba, la fantasía de cualquier hombre, pero él se había pasado los últimos diecisiete años agobiado por las responsabilidades familiares, y ahora lo único que deseaba era disfrutar de la vida despreocupada de un soltero. No quería estar atado a la dulce, hermosa y deliciosamente inocente Emily... ¿O tal vez sí?

Locura de una noche

Christie Ridgway

Habían cometido la mayor locura de sus vidas

Jazmín

Padres novatos
Barbara McMahon

¡Iba a ser mamá!

Descubrir que estaba embarazada llenó de felicidad a Annalise. No sabía nada sobre niños, pero estaba convencida de que su marido y ella podían aprender juntos.

Pero Dominic se quedó atónito al recibir la noticia. Seguía dolido por una penosa experiencia de paternidad que había sufrido en el pasado... un secreto que había ocultado a todos los que lo rodeaban, incluida su querida Annalise. De modo que, aunque quería compartir su alegría, el miedo a que la historia se repitiera lo alejaba de la persona a la que más quería: su esposa.

Ahora ella tendría que convencerlo de que podía ser un padre maravilloso.

Deseo™

Víctima de su engaño

Sara Orwig

Aquel despiadado multimillonario de Texas era su mayor rival en el mundo profesional, y Abby Taylor era consciente de que debería odiar todo lo relacionado con él. Pero por mucho que intentara olvidarlo, Nick Colton seguía protagonizando sus sueños más íntimos.

Abby sospechaba que su sensual seducción tenía un lado oscuro, pero se sentía incapaz de controlar sus deseos cuando lo tenía cerca. Y su temor era que, cuando la traición de Nick llegara, la hiciera añicos para siempre.

Entre el deseo y las mentiras

Bianca

Las reglas de él: la vida es mucho más placentera con alguien calentándote la cama... Y el matrimonio y los niños no entran en el plan.

Cuando la joven e inocente Faith llegó a su lujosa estancia argentina, Raúl pensó que era la amante perfecta.

Vestida con diamantes por el día y entre sus sábanas de seda por las noches, Faith se vio arrastrada por el lujoso ritmo de vida de la alta sociedad argentina. Pero entonces descubrió que, accidentalmente, había hecho una de las cosas que Raúl le había prohibido...

Faith tenía que hacer frente a Raúl y contarle que estaba embarazada...

Planes rotos

Sarah Morgan